马丁历险记之

侏罗纪日记

3. 逍遥法外

[意] 菲利普·奥斯本 ◎ 著

[意] 罗伯塔·普罗卡奇 ◎ 绘

马天娇 ◎ 译

海南出版社

·海口·

第 1 章
臭氧层空洞

也许我们对这些老奶奶有误解

亲爱的日记：

　　我是马丁，今年12岁，本来要去住在斯塔滕岛的奶奶家吃饭，结果却误乘了开往侏罗纪世界的神奇公共汽车。我知道，我的失约会让奶奶十分失望。哎，我可怜的奶奶呀！

你是不是觉得头上顶一块砖很酷？虽说凡事不可能十全十美，但你这样也太拼了吧！
?
不久，我就成了侏罗纪世界的领导者，而且凭借非凡的智慧赢得了所有恐龙的拥护和爱戴。
我喜欢富有建设性的批评……

所有人都知道我是一个头脑聪明、魅力无限、无人能及的领导者，而且我已经拯救侏罗纪世界两次了。

如果没有我，这个没有文化的地方就会被毁灭——大概、也许、可能被毁灭吧。所以，这里的每位居民都对我充满感激。

可能我有点儿夸张了……可能有的人，哦不，好吧！我估计所有人都觉得我在胡说！

谁还没犯过几个小错误呢？

我只不过是曾向他们发出了两次错误预警——预言冰川期和陨石灾难会导致他们灭绝，这不过就是小失误。

要知道，达·芬奇和爱因斯坦偶尔也会犯错。也许，达·芬奇原本只想画一头熊，结果却画成了蒙娜丽莎。谁敢保证他的传世巨作不是一次偶然失误的结果呢？

多么荒谬的理论！

毫无疑问，我是个天才。我的画就像你的照片一样逼真。

也许它才是模特！

这是熊娜丽莎

马丁杜撰的达·芬奇。

然而，过去并不重要，那只不过是一座通向现在的桥梁。最重要的是现在。而且，我已经彻底弄清楚，让恐龙灭绝的原因是霸凌——世界上最邪恶的东西。

坏蛋们比冰川期、陨石灾害等任何自然灾害都麻烦！

这些坏蛋，对被霸凌者而言就像一条满是食人鱼的河，或是一把没有刀柄的刀——极度危险。而实际上，他们就像被用过的火柴——只是徒有其表。

他们觉得自己很厉害，事实上却弱爆了！

曾经跟我在同一个小镇学校读书的三个坏蛋也来到了侏罗纪世界，他们还跟这里最大的坏蛋结成了盟友。

坏蛋们凑在一起其实就是懦夫的组合。

现在，他们把彼此的坏点子集合到一起，建造了一座大工厂。技术来源当然是我所生活的现代社会……

大工厂的烟囱里源源不断地飘出浓浓的黑烟，把蔚蓝的天空污染得无比灰暗。

有一天，工厂附近下起了酸雨。可是那帮家伙根本不把酸雨当回事。

坏蛋的第一准则：抵赖！

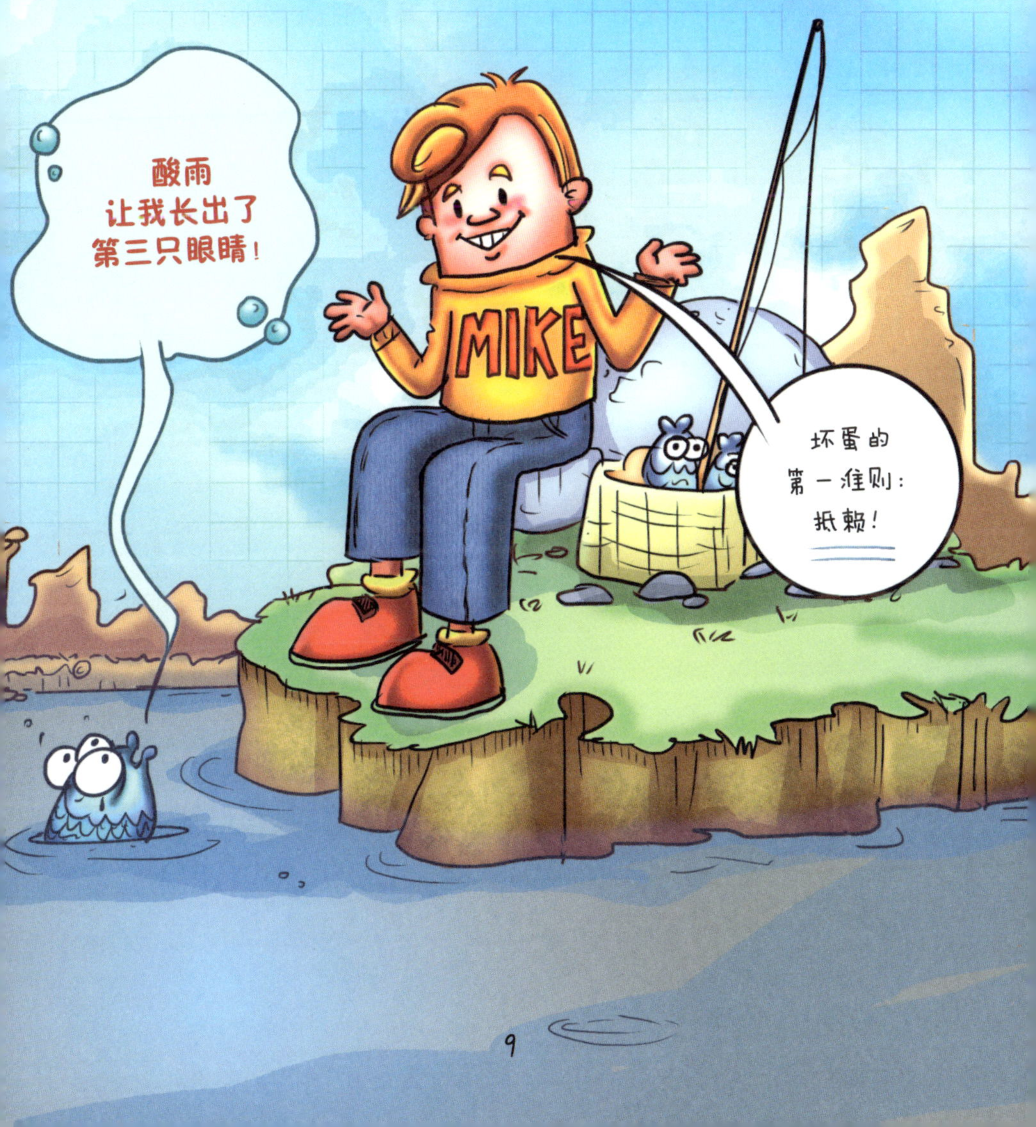

"那又怎么样？每一条健康的鱼都该有三只眼睛！"

而且一座工厂根本不能满足坏蛋们的需求，他们想在侏罗纪世界建造成百上千座工厂。这样一来，臭氧层就会遭到破坏，出现一个大"空洞"，侏罗纪世界肯定会因此灭亡。

谁会助纣为虐，帮他们实现这个可怕的计划？

要知道，工厂会让他们变得富有！对黑暗社团来说，钞票比自然生态更重要。

他们生产了许多塑料袋，这是大家都需要的东西，至少他们是这么认为的。

塑料袋在侏罗纪世界是新兴的时髦产品。

霸王龙们喜欢用塑料袋装水，然后在海滩上扔着玩。

他们将会灭绝！

黑暗社团的这种做法让我很害怕，他们完全没有保护生态的意识。我要向侏罗纪世界的居民宣传保护环境的重要性。如果任由这群坏蛋继续破坏环境，那么将会带来气候变化等一系列可怕的灾难。

今天我们要讨论的是生态意识！

拒绝塑料，从我做起！

当我看到一只肉食恐龙拿着一个装满蔬菜的塑料盘时，真是要被气死了。我不应该跟我的学生生气。但是，他明明就是个吃肉的家伙，根本就不需要吃这盘子菜啊！真是见鬼了。如果我们都用这种不环保的餐具，那么这个世界总有一天会被塑料垃圾填满。

"马丁，我是一只文明的肉食恐龙，我要跟其他恐龙一样，每天都用塑料盘。"

"我看你只是一个不知道环境污染有多可怕的肉食恐龙！"

是的，所有人都希望世界能够因自己而改变，却没有想过要改变自己去适应这个世界。

如果黑暗社团要
发展工业，

我就无法拯救这个世界了。我希望恐龙们能够明白这一点。当我思考要如何让他们头脑更清醒一些的时候，沃尔多走进了教室。不知道他去哪儿了，一整天都没看见他。沃尔多坐在桌子后面大声喘息，我忍不住问他："你怎么了？脸色不太好！"

是不是
很好奇
我的朋友
沃尔多到底
怎么了？
请翻到
下一页。

"马丁，"沃尔多汗流浃背的样子好像刚跑完马拉松，"我们有麻烦了。黑暗社团请了'外援'帮他们建新工厂！"这在我预料之中，我早就猜到不先生、麦克、伊芙和艾德一定会从我生活的时代找帮手。

**黑暗社团
就像是一个公司的高管，
负责招聘所有的坏蛋
加入他们的团伙。**

懦夫总是喜欢拉拢懦夫，这样才能互相壮胆。

我十分好奇接下来会发生什么事情。沃尔多继续说："伯纳德，那个人的名字叫伯纳德。他是从你生活的那个时代来的，据说性格十分古怪，特别令人讨厌，他跟黑暗社团的所有人都谈过话。"

一提到伯纳德，我就浑身起鸡皮疙瘩。我太了解他了，所有人都觉得他大公无私，实际上他不过就是想生产塑料挣钱。

伯纳德非常善于狡辩，他甚至说环境污染对恐龙是有益的。

看来我们有大麻烦了！

给我个喘息的时间，让我想想该怎么阻止伯纳德。不先生和那些坏蛋总是唯恐天下不乱。

我来到侏罗纪世界是为了给这里的居民提供帮助。不管是在海边垂钓还是看夕阳，我们都在海滩上享受着美好的时光。可是大家有没有注意到，鱼越来越难钓了……告诉你们，通过污染海水就能让鱼自投罗网，这样一来，捉鱼吃就变得容易了。记住，污染可以让我们只享美食。

想要实现这一点，每天至少得生产700吨的塑料。而这，需要大家共同参与！

他们会愚弄所有居民，恐龙会因此灭绝。

恐龙们能躲过冰川期和陨石灾害，却躲不过人为的迫害啊！我以前怎么没想到呢？我们人类可是破坏自然的高手啊！

但是，只要我认真思考，总能想出完美的解决办法：我要为这个世界贡献最伟大的妙计！

世界上最容易做的事情是什么？答案就是**睡觉**。现在你无需回家就可以美美地睡上一觉了。

吊床

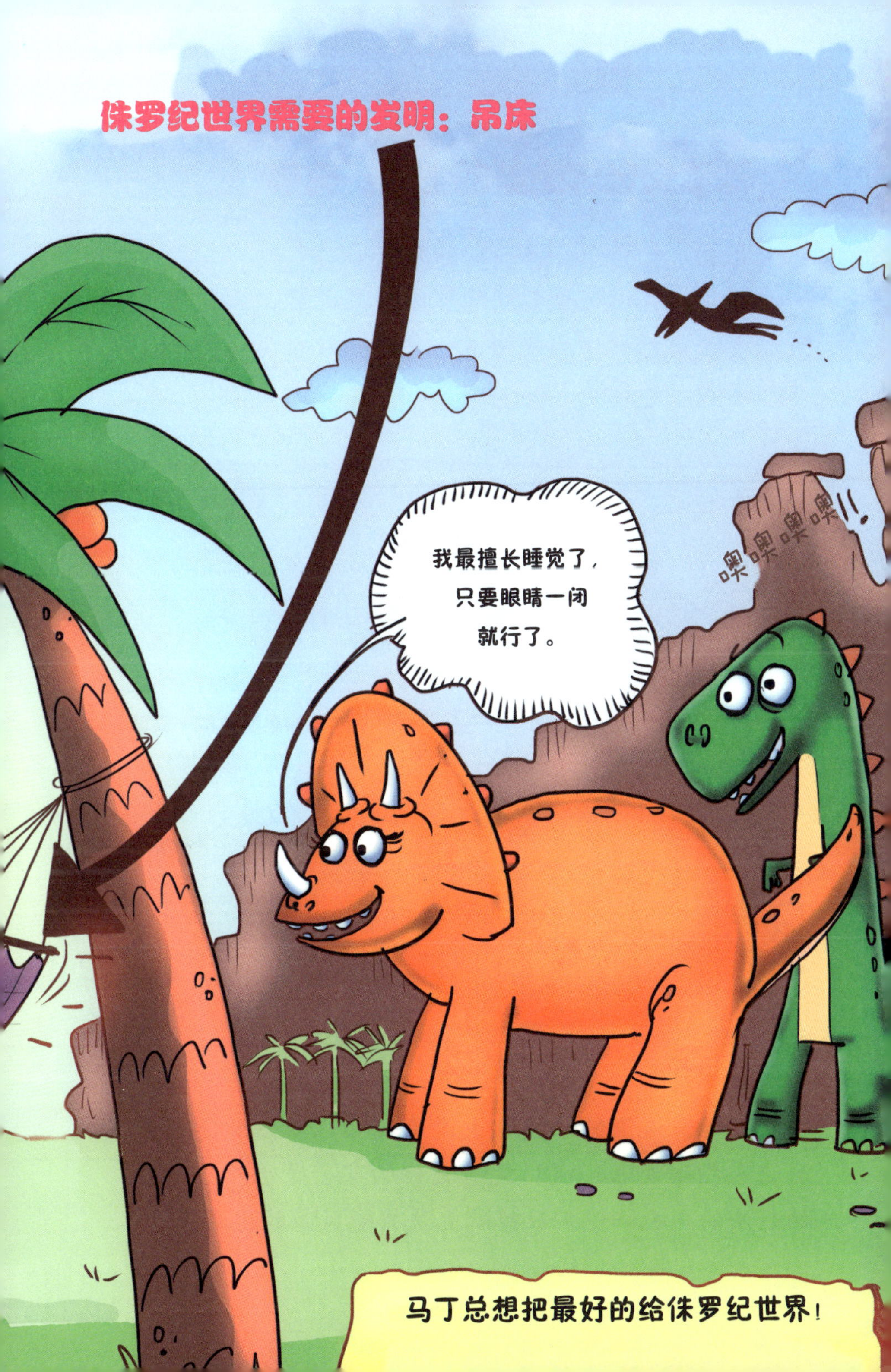
侏罗纪世界需要的发明：吊床
我最擅长睡觉了，只要眼睛一闭就行了。
噢噢噢噢!!
马丁总想把最好的给侏罗纪世界！

侏罗纪世界需要的发明：风筝

我喜欢发明一些让人们感到幸福的东西。

因此，我把轮子带到侏罗纪世界之后，又进行了一项史无前例的伟大发明，一种能够让人变得更加自由的东西——风筝。

可惜，这里的居民们太没有文化，居然觉得满月会让人指甲变长！哎！没有文化的家伙是很难理解我的想法的。也许他们压根就无法接受风筝的存在。

一项改变世界的发明：纸

所谓的"无法接受风筝的存在"。

好吃！啊呜，这个，啊呜，风筝，嗯，它是从哪里长出来的？

仿佛在说

无知者的疑问！

"朋友们，没有纸你们怎么正常生活呢？"

特丽莎笑着举起手，回答我："马丁，别说纸了，我们没有拍照软件也一样生活得很好啊！时代进步需要过程。我们生活在侏罗纪，而不是太空时代呀！"

嗯……特丽莎的话让我略微迟疑了一会儿，然后我问她："你把我教你的字都写在哪里了？"

特丽莎笑着回答："黑板上啊！"

"那你的家庭作业呢？"

"当然是写在家里的黑板上啊！"对话真是越来越有趣了。我继续问："如果你去买东西，要把购物清单写在哪里？"

我真的很想知道特丽莎接下来要说什么。

"哎，老大，我是草食恐龙。去商店也就买点饮料，根本就不用写清单。"

"那么，你有没有爱过谁？"

"这是我每天都在做的事情啊！"

"既然如此，你有没有给心爱的人写过情书？"

瞬间，特丽莎的神情变得绝望起来，看起来像是站在悬崖边上。

"没有，虽然我很想写，但是我不能给他们一块大黑板啊！"

"从今以后，你就可以写情书了。这就是纸的好处！"

"就是说，我可以在小一些的东西上写字了？马丁，你真是个天才。不过纸在哪儿呢？"

果然努力学习没有白费。我再一次利用自己的学识让大家对我充满崇拜。

小·小·一卷纸，就能改变世界的命运？

这就是科学技术让世界变得既美好又卫生的例子。

我们几个来到黄蜂的蜂巢前，他们都害怕地往后退，只有我像爱因斯坦一样镇定地笑了笑，解释道："黄蜂巢穴的材质就像一种纸，只不过这种天然的纸比较脆，容易损坏。黄蜂在吃植物纤维的时候，先要在嘴里咀嚼，再吞进肚子里，这时纤维就会与黄蜂体内的一种液体混合。接着，它们会吐出一种像纸浆一样的东西，这东西经过风吹日晒就会变干。"

　　我掰下一块蜂巢拿给学生们看，毕竟我是老师，当然要更勇敢一些。我可不是那种会被两只小昆虫吓到的人。众所周知，黄蜂是爱攻击人的，不过我的肌肉就是铜墙铁壁，这些家伙要是敢来攻击我，就会撞晕在我的肌肉上。

　　黄蜂们不停地嚷嚷说，如果我不停手就回去跟妈妈告状。

　　不就是一点儿纸嘛！
　　真是一群小气鬼。

这是在奥斯本的故事里，
现实中请勿模仿！

你要是再不停手，我就把这件事告诉妈妈！

现在，我要利用黄蜂的巢穴给大家讲一讲造纸的原理。

好恐怖，不敢看！救命啊！

25

你居然敢欺负
我的孩子？
年度
最佳妈妈
呃，我是来
通知您荣获了
“年度最佳妈妈”
奖的！
这就是人们永远得不到
黄蜂纸的原因。

我只好打消了从黄蜂那里获得纸的想法，否则我就得先被"灭绝"了。这些小家伙的妈妈足以与我的勇气抗衡，并且让我感到害怕。

我赶紧谄媚地对黄蜂妈妈微笑，故作吃惊地说："呃，我是个快递员，我来找您是为了通知您荣获了'年度最佳妈妈'奖。"每次我妈妈发怒时我都这么做。

多亏了我出神入化的演技。危急关头又是灵活的头脑助我逃过一劫。

不过我可不喜欢放弃。

我长得像容易放弃梦想的人吗？

作为天选之人，我的职责就是拯救侏罗纪世界。所以必须得想个别的办法造纸。啊，我想到了！就是这样。

在大约 4000 年的时间里，人们都是在莎草纸、羊皮和树皮上写字的。

我知道你们肯定会对我产生怀疑。如果历史成绩的满分是 10 分，你们会说我只能得 6 分。（这不比 5 分好吗？而且比 4 分好多了）

后来我根据中国人蔡伦的造纸术造出了纸——利用废布、渔网和树皮，再加上一点儿想象力，加这东西总是没有坏处的。

造出纸后，我就去找特丽莎，因为我想告诉她写情书的方法。我能预料到，她不会向某只恐龙表白，而会向正义宣示自己的爱。是的，这就是特丽莎，充满理想的特丽莎。

我想跟劳埃德打探特丽莎的去向，可这家伙竟弹着吉他答非所问地对我说，他将发明五线谱来进行音乐创作。

老板，我为啥要把情书写在卫生纸上？

这就是传说中的进化不彻底……

吉他手的一生，一半的时间在调音，另一半的时间在弹曲子。

　　"好主意！"我鼓励道，然后又问他："我想找特丽莎，你知道她在哪里吗？"这时，瑞普特拿起与侏罗纪世界十分不搭的麦克风，说道："我可以用纸记录世界上最搞笑的段子，不然我会很容易忘记。而且，我还想到了一个办法，能够帮助那些像我一样健忘的人不再犯错，但是什么办法来着？我怎么想不起来了！"

所有人哄堂大笑。瑞普特总是喜欢拿自己开玩笑。我的脑袋嗡嗡作响，就像里面有人用锤子敲击似的，每次学生们不听话，我都会犯这个毛病。我只好扯着嗓子喊："谁能告诉我特丽莎去哪里了？"

谁能告诉我特丽莎
去哪里了？

我认为（假装）
歇斯底里地
大叫能够解决
所有问题。

当我的声音响彻学校后，沃尔多一脸惊恐地走过来，那表情跟我看到《怪奇物语》中的魔王时一模一样。"你知道特丽莎去哪里了吗？"我又问了这个已经问过无数人的问题。

"我去了坏蛋们的地盘，他们说特丽莎被绑架了，现在已经被送到独眼巨龙岛了！"

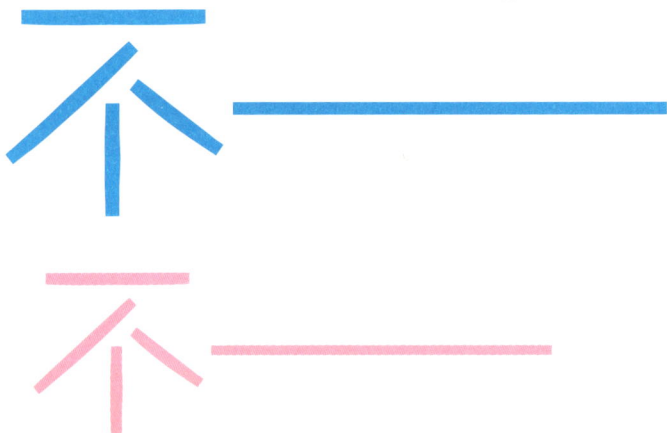

不不

大概在喊了十次"不"以后，我才渐渐冷静下来，并试着捋清思路。

那些家伙总是绑架我的朋友。

黑暗社团简直比腐坏的奶酪还让人厌恶。我真是受够他们了。沃尔多非常害怕，他总是很敏感。我轻抚着他，然后问道："独眼巨龙岛是什么地方？"

32

沃尔多深吸一口气，然后鼓起勇气解释道："在独眼巨龙岛上住着一只凶残的、可怕的、体形巨大的、令人毛骨悚然的……"

"到底是什么？"我既恐惧又好奇地问。

"独眼巨龙波吕斐摩斯！"我的朋友沃尔多终于说出了答案。

"谁？"我不太懂。

"一只住在山洞里的独眼怪兽。他可不是素食主义者，而且十分凶残，据说他一口就能吞掉好几只恐龙，所以吃人更不在话下。"

马丁的疑问

独眼巨龙的爸爸是不是对他期望不高？

如果独眼巨龙喝醉了，看到的物体也是重影的吗？

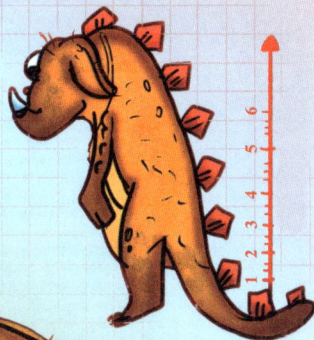

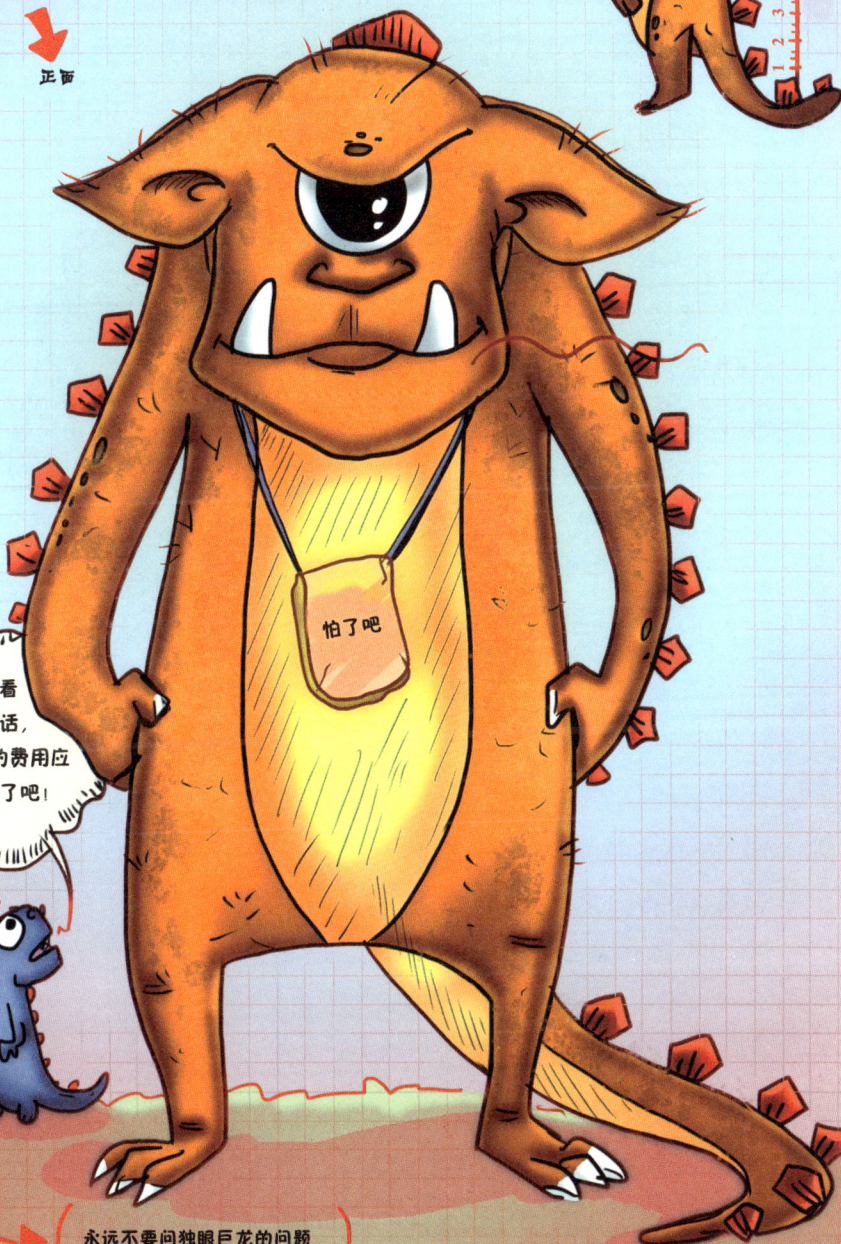

我可是马丁，怎么可能会害怕一只独眼巨龙呢！我既然都能抵抗住老爸吃完烧烤后的糟糕口气，自然也能把特丽莎安然无恙地救回来。我可是个英雄，跟忍者神龟不相上下。我要做的就是想出一个完美的计划。哈哈，有了！我掌握着很多黑暗社团不知道的关于神话故事的知识。像尤利西斯一样，我也要去独眼巨龙居住的山洞，也就是关押特丽莎的地方。上岛后，我会先侦察一番，摸清

那个山洞的位置。慎重起见，上岛之前，我得发明一个用于营救特丽莎的武器。是时候昭告天下了，我把大家召集起来，然后故作镇定地告诉他们……

你们一定很好奇是什么事情吧？

"朋友们，你们把我当成指路灯塔，依赖我的聪明才智，将我看做跟爱因斯坦一样伟大的人。我向你们保证，我一定能救回特丽莎。只要有葡萄酒，我们就能做到！"我觉得我的智慧让他们放心了。

因为我是智者，是指路灯塔，所以一定能够救出特丽莎。

马丁

马丁

我要靠智慧营救特丽莎！

劳埃德两眼放光，咧着嘴笑了，他每次听到新鲜词都会异常激动。

独眼巨龙要怎么做斗鸡眼呢？

"马丁，葡萄酒是什么东西？"劳埃德对未知的东西总是充满好奇。

"是一种用葡萄酿造出的液体。"

劳埃德已经馋得开始舔嘴唇了，那样子就像知道葡萄酒的滋味似的。接着，他斩钉截铁地说："我要喝好多好多。"

"不可以……葡萄酒里面含有酒精，对身体不好。"

沃尔多的疑问

怎样才能辨别哪些葡萄含有酒精呢？

你说得没错，
我们要利用葡萄酒去
解救特丽莎。

"葡萄酒有好处吗？"

"你很快就会知道了。现在你们要做的就是帮我酿造出恐龙历史上的第一瓶葡萄酒。"

我的朋友们从来不怀疑我，因为我的办法总是那么完美，从没让他们失望。

让我们一起酿酒吧！我利用葡萄皮上含有的天然酵母来发酵葡萄汁，这些酵母能把果糖转化成酒精和二氧化碳。

沃尔多不知道的是，所有葡萄都不含酒精。那种物质是通过发酵产生的。所以你应该对他说：请提一些有价值的问题，而不是这种愚蠢的问题。

我刚刚说到哪里了？没关系……总之当我看到瑞普特倒在地上的时候，就知道这酒一定很不错。你猜他为什么倒下了？原来瑞普特以为自己的手上沾满了血浆。其他恐龙都害怕地看着他，而我只是有些惊讶。

瑞普特就是这么胆小。怎么会有人把红酒当成血浆呢?

　　遇到我真是他们的幸运。不然他们怎么可能逃脱灭绝的命运呢?我使出浑身力气把瑞普特扶起来,然后召集大家围到我身边。

葡萄酒就是血浆啊!
救、救命!
我要晕了。

这些侏罗纪动物真疯狂。

我都不敢想,要是你手上沾了巧克力酱,你会把它当成什么?

接着，我开始像球场上的教练一样跟大家解释我的计划。

猜猜马丁说的是什么？

- ☒ 汤
- ☐ 傻子
- ☐ 泥土

说明

如果你能答对问题，就能获得马丁葡萄园提供的无酒精葡萄酒一瓶。

"我们只要带着一瓶葡萄酒去独眼巨龙岛，就能把特丽莎救回来！"没人听得懂我的话。哎，不被理解就是我们这些能够推动时代进步的天才的宿命啊！

"你打算怎么上岛？"劳埃德疑惑地问，"你又不像铁娘子乐队那样拥有私人飞机！"

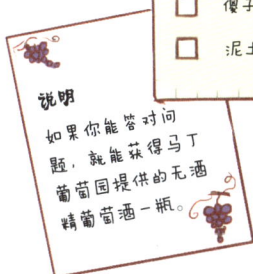

做好"用一瓶酒营救特丽莎"的准备了吗？

他们是怎么知道铁娘子乐队的？虽然我觉得这个乐队的确挺老的，但是也没老到这种程度啊。

不过劳埃德说得没错，想要上岛就得有架飞机，或者一艘船。我走出教室，大家紧随其后。我抬头仰望，视线还没到达云层，目光就被展翅飞翔的翼手龙吸引了。

这次，翼手龙们可没打算跟我说话，只是把一份"小礼物"丢到我头上！啊！他们居然敢在天选之人的脑袋上拉屎！

要是我再高大、强壮一些，非得给他们点颜色看看。不过鉴于当前形势，我只能忍气吞声，然后故作友好地朝他们微笑着说："嘿，兄弟，谢谢你们的粑粑！我知道这是你们表达祝福的方式。我们要救特丽莎回来，正好需要很多好运。有时间的话记得回来时再往我的头上拉点粑粑！"

沃尔多给了我一片叶子，说道："先把你自己弄干净吧！不过，要是你真的希望这样的话，我们都祝福你好运多多！"

我赶紧摆摆手转移话题。

我可不喜欢事态发展到超出我的控制范围。

"我们要一路飞到岛上去。"我坚定地说。

沃尔多激动得直搓手："我知道你一定需要我。"他还是觉得自己是一只鸟。我不想伤害他，如果他硬要飞行，一定会受伤的。

"沃尔多，所有人都能成为自己想成为的样子。但是你不能做超出能力范围之外的事情，你现在还是个孩子。"

他生气地跑到学校后面的小屋子里，再出来的时候身上已经带着一对翅膀。

只要你尝试过飞翔，日后走路也会仰望天空。

这是达·芬奇说的话。不过当时他可没联想到这么多。

沃尔多的翅膀看上去就像我那位挺有名的同行"小达"设计的。

小达指的就是达·芬奇。我俩私底下见面的时候，他总喜欢让我这么叫他。

我是个有文化的人，当然知道沃尔多的那对东西是"扑翼机"。

目前来看，第一张扑翼机草图——可能是最早的飞行器的设计图，就是达·芬奇画的。

这种复杂的机械看起来像鸟的翅膀一样。我走到沃尔多的身边，抱住了他。

"你们给了我太多惊喜。不过我想问一下，你千万别生气，我就是好奇，作为一个史前生物——这的确有点儿奇怪——是谁给你的这个东西？你们都有点儿奇怪。你们之前提到了铁娘子乐队，但是却不知道杜阿·利帕。"沃尔多突然跺了跺脚，有时候他真像一个调皮的孩子。

"你准备好了吗？"沃尔多问。

"准备什么？"

我对这个时代的"惊喜"总是充满恐惧，因为这里的一切都很不寻常。

"见我的朋友啊，我想让你见见给我这些东西的人。"

45

嘿，小家伙。你真可爱。瞧，你看上去萌萌的、软软的，最重要的是你长得不那么大！

我更喜欢你叫我皮特什博士，我可是有学问的。再说了，星球大战里的尤达大师个子也不高，但是他的自我保护能力可不弱。所以，帅哥，在我面前低调一些。

友谊的小船

发明创造

扬帆起航了

皮特什是一只很小、非常小、特别小的——呃，看上去不像霸王龙，也不像雷龙和三角龙——恐龙。

皮特什不仅看上去很可爱，而且身上还有股香草味柔顺剂的香气，我妈妈洗衣服的时候就爱用这种东西。他的舌头向右边伸出来，仿佛刚刚跑了很长的路似的。虽然一双眼睛透着精明，却也难掩他像鸟宝宝一样可爱的模样。

略略略……

"嘿，小家伙，"我对皮特什说，"你真可爱，瞧，你看上去萌萌的、软软的，最重要的是你长得不那么大！"

这个小可爱起先没搭理我，几秒钟后才说："我更喜欢你叫我皮特什博士，我可是有学问的。再说了，星球大战里的尤达大师个子也不高，但是他的自我保护能力可不弱。所以，帅哥，在我面前低调一些。"

我觉得我们一定会成为朋友。

我敢肯定皮特什会发现我的好，因为我一直觉得自己很可爱。

皮特什继续说道："我可不是小玩偶。另外，要是你喜欢我，就去我的个人主页上点赞。"我先是笑了笑，然后突然震惊起来！他怎么有个人主页？

"你是干什么的？"

皮特什不屑地哼了一声，然后轻蔑地看着我。

"我是你的良知！所以你得注意点，别在我面前撒谎！"

"别逗了……你是什么恐龙？"我迫切地想要了解他，更重要的是我想知道他是怎么弄出来达·芬奇的扑翼机的。

"我是时空龙宝宝。"

"什么？说实话，我本不想让你失望或者让你的童年蒙上阴影，但我可是正经受过教育的。你应该明白，我的智慧和学识如滔滔江水一般！我确定教科书里从来没提到过什么时空龙。"

时空龙是什么?

马丁访问的搜索引擎

全部－地图－视频－图片

时空龙

未找到您所查找的内容

从来没有人听说过时空龙。

　　"如果全凭你的见识，世界上还没有长满巨刺的小型海绵螳螂、会唱歌的小丑蝾螈和会飞的约瑟芬鲸呢！真是少见多怪！"

　　"你别逗我了。我可是天选之子。"

皮特什突然抱住了我，我立刻朝他微笑。接着他对我说："我喜欢你。我可以收养你，午后会牵着你去外面的公园里尿尿。"

我忍不住大笑起来。我真是太喜欢时空龙了。他长得小巧又可爱。

皮特什决定把他家族的情况说给我听。

"喏，你们都知道诸如雷龙、甲龙、霸王龙这种巨型恐龙，他们之所以有名，是因为他们又高又壮，还无处不在。按照侏罗纪世界的生存法则，我们时空龙的存在就像是用来喝汤的勺子。我们长得小巧可爱，还没有牙齿，这个世界的坏蛋都不待见我们。你想想，我那个自负的霸王龙数学老师，居然认为 2＋2＝5。第一周的时候，他常常恐吓我'我要把你揣进口袋里，想起来的时候就揍你一拳'，然后我们时空龙就隐居了起来。经过一系列的研究，我们发现了一个时空隧道，可以穿越到你们那个时代……

孩子，你怎么能质疑我的学问。2+2=5，至少开学第一周你们得这么记。
交通规则
2+2=5
第一周的知识
对我来说你的智商就像独角兽一样：根本不存在。
我可接受不了一个来历不明的迷你恐龙的侮辱！

"我们见过人类历史上伟大的天才，比如达·芬奇和爱因斯坦，他们给了我们一些工具来抵御坏蛋和那些大块头。"

我拥抱了一下时空龙，然后向他展示我的肱二头肌："小甜心，从今天开始你不用害怕任何人了。瞧瞧我，可是充满了力量、勇气和战斗力呢！我就是你的英雄。我会保护你和你的同类，并且还能提供更多的发明。最近我正考虑发明巧克力呢！"

"当然！"皮特什开玩笑说，"我们需要用这个东西抵御霸王龙。"这个东西，不用太多就能"伤"到对方。

我看了一眼达·芬奇的扑翼机，然后向皮特什道谢："现在我明白你为什么会有我同事达·芬奇的发明了。有了这个东西，我就能去囚禁特丽莎的岛上救她了。"

"去的时候别忘了带葡萄酒。"

"当然了，我的朋友！"

沃尔多一脸向往地看着扑翼机，明白那是用来营救朋友的。虽然有些舍不得，但是善良的他还是把那对大翅膀交给了我。

马丁怎么可能有那么壮硕的肌肉呢？
这只是插画师在画画的时候好心加上
的。（她有点儿溺爱马丁！）

　　我是英雄，是天选之人。我会先营救特丽莎，再去拯救世界。我的计划很完美，不过我忘了一件事——扑翼机没有发动机，所以没办法从平地上再飞回山顶。不过这都是小问题，作为天选之人我是不应该畏惧的。可是说心里话，还是有一些害怕。

计划虽然完美，
但是我忽略了一个细节：
我要如何从岛上飞回来呢？
扑翼机可没有发动机啊！
咻！
咻！
咻！
来吧，至少
你和你那个头上
有花盆的朋友
能够体会一下
当鸟的感觉。

第 2 章
独眼巨龙岛

亲爱的日记：

独眼巨龙岛很美，而且超级酷。

海面上闪着金光，如同太阳洒下爱的光芒。鱼儿跃出水面，问候着在温柔波浪上掠过的小鸟。周围没有恐龙，只有一些像海龟一样的动物，享受地阅读着写在树叶上的故事。

我在海滩上着陆，然后把达·芬奇的扑翼机脱下来藏到棕榈树的后面。我背好背包，开始寻找独眼巨龙的踪迹。

"独眼巨龙！"我大声喊，以此确定我此行的目标。

突然，我被几米外的一个身穿司机制服的肉食恐龙拦住了去路。他从沙滩上的一个小棚子里走出来，手里举着一个牌子，上面写着：欢迎来找刺激的疯狂游客。

他向我走过来，用一种让人十分不舒服的眼光打量着我。

要是他再靠近，我就要对他做鬼脸了。

"你想参观独眼巨龙的山洞吗？""那个……"我有些紧张地问，"那里面危险吗？"

"独眼巨龙虽然是个脾气很火爆的小伙子，但是大家都想看看他，因此我们就做了这个生意。"

"听上去还不错。"我附和着，不过我很快想到了特丽莎，就问，"独眼巨龙吃人吗？"

穿制服的家伙突然发出可怕的笑声。

"当然吃人了！不过你要是购买了门票以及周边产品，他的合伙人就不会让你被吃掉了。"

"他的合伙人是谁？"

你要不要参加独眼巨龙山洞的惊悚观光团？

欢迎来找刺激的疯狂游客

"是不先生。他有这座岛以及主题公园一半的股份。"

"你是想告诉我，那个独眼巨龙也是黑暗社团的一员？"

"一只眼的家伙果然目光短浅！"我小声嘟囔着。每次我抱怨的时候都是这样。

这种望远镜竟能看见所有行星！

独眼巨龙主题公园的特供商品。

虽然只有一个镜片，却能让你拥有鹰的视觉。

在面对一个善于自嘲的独眼巨龙时，这本笑话书可以作为逃生指南。

戴上独眼巨龙牌太阳镜，可以有效保护眼睛。

"你要不要参加恐怖山洞的旅行团？"

"当然啦！"我信心满满地说。我非常担心特丽莎，所以接着问道："独眼巨龙会怎样对待被囚禁的恐龙？"

"会吃了他们。别忘了，他可是独眼巨龙。这里又没有麦当劳可以吃！所以不管不先生给他什么，他都会吃掉。毕竟独眼巨龙也是会饿的嘛。"

独眼巨龙=恐怖

请带着问题
翻到下一页，
看看独眼巨龙如果
去了麦当劳，他会
选择吃什么！

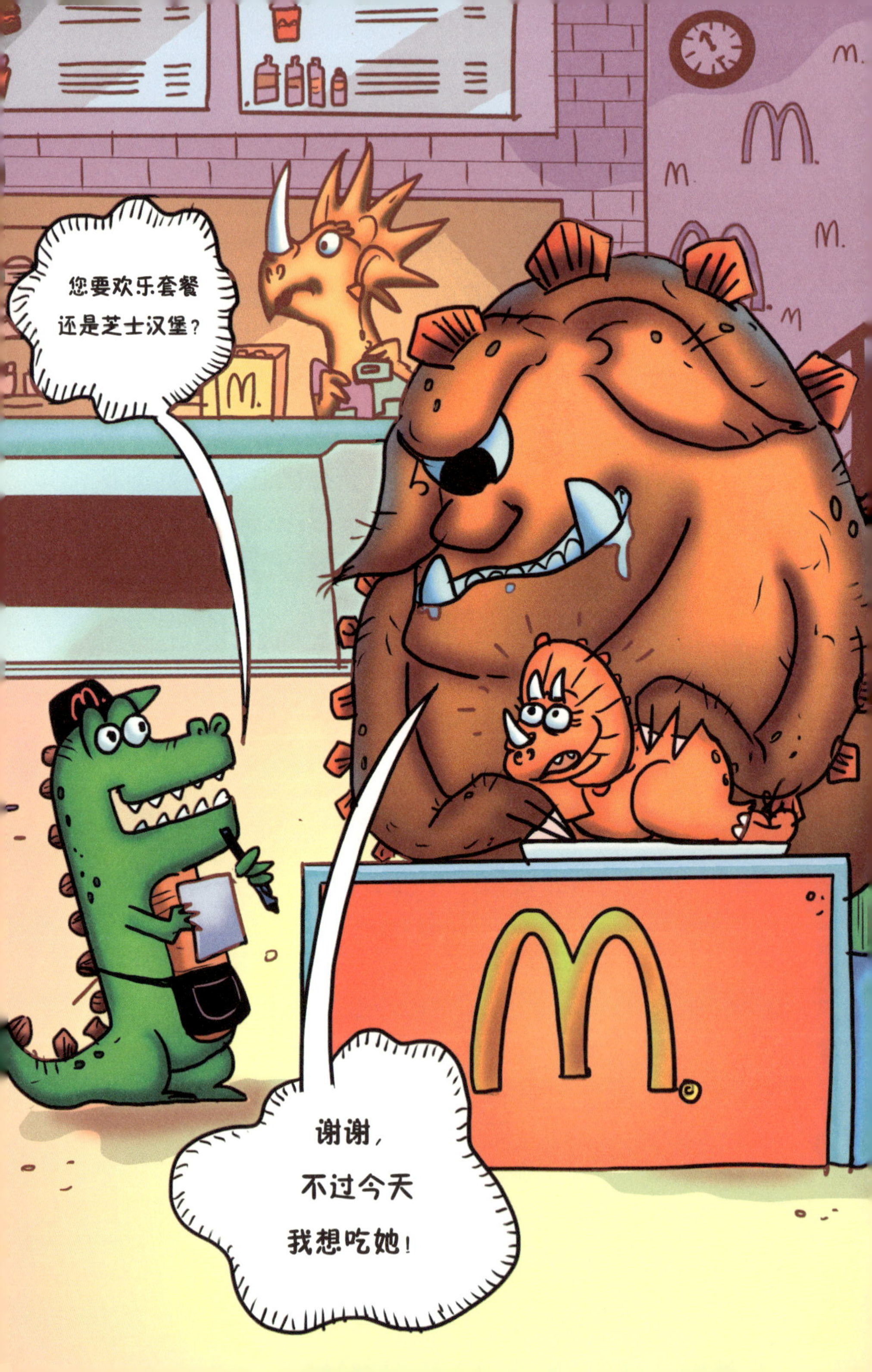
您要欢乐套餐还是芝士汉堡？
谢谢，不过今天我想吃她！

我同意参加旅行团。这是唯一能够找到那个可怕怪物的方法。

　　穿制服的恐龙伸出手，说："50美元！"

　　"多少钱？"我愤怒地问。他是在开玩笑吧？美金还没被发明出来呢，他们就开始要价50美元了！

　　"这可是侏罗纪世界，所有的一切都大！票价当然也是如此！"

　　我实在忍受不了这种宰客行为！

　　我决定建立一个消费者权益保护协会，让这些欺行霸市的家伙们全部消失！至少让他们能够给我开发票。

　　我从背包里拿出50美元，那是我生日时奶奶给我的。本来还想用这些钱买游戏机呢，不过眼下救朋友更要紧。虽然这件事没有游戏机好玩，但的确更重要。

作为天选之人，能不能享受折扣价？

我是靠商务谈判来挣钱的。本来我对钱不太感兴趣，但是所有人都让我用钱来交换物品，从那时起我就开始需要很多很多钱了。

消费50美元就能见到独眼巨龙！

$! $! $!

呃，发明纸币的是中国人。

我很好奇，他们为什么不让我多有一些钱呢？

发明纸币的是中国人！我很好奇，他们为什么不制定一个规则，让我多拥有一些钱呢？

如果非得花钱，那么
最好花别人的钱。
——史高治·麦克老鸭

黑暗社团的新成员伯纳德在自己的床头上挂了一个镜框，
上面贴着他的偶像史高治·麦克老鸭的经典名言：
"如果非得花钱，那么最好花别人的钱。"

穿制服的恐龙带着充满好奇的我进入了独眼巨龙的恐怖山洞。

进去之前，我拿到了一张传单，上面写着："曾经有12个人来岛上探险，结果有6个人被吃掉了。"

救命！我好害怕啊！

但是很快我就意识到：这传单应该只是一种吸引眼球的营销方式。越恐怖越能吸引那些有猎奇心理的人！不错，看来这个小独眼怪还挺有想法！

如果他以为用这种宣传方式就能糊弄我，那就大错特错了。

广告对我们这种智慧非凡的人来说根本没用。

世界的正常运转都得靠我们这些聪明人来推动，我们又怎么可能落入这种营销陷阱呢？

要知道，这么多年我一直都没有买游戏机。任凭那些广告对我狂轰滥炸，我都没有跟父母要过。

你觉得我是在说谎？

马丁爸爸

我要游戏机！
我就要
游戏机！！

呜呜呜

这究竟是怎么
回事啊！

马丁的确说谎了。
你相信他能抗拒
得了游戏机的
诱惑？

我的腿有些发软，
不过我想到了一个好
办法。我敲了敲洞壁，
入口处出现了一个倒
挂在洞顶的蝙蝠龙。
他恶狠狠地看着我，
并发出奇怪的声音。

蝙蝠龙试图吓唬我，他说："可怕的事情就要发生了！"我仔细打量着他，结果发现一条剑龙的尾巴从他那套万圣节道具服里露了出来。

看到威猛的剑龙居然为了几袋子蔬菜而扮成蝙蝠龙，我都跟着心酸。也许侏罗纪世界也有经济危机吧！

我假装被蝙蝠龙吓到了，大叫着："救命呀！你可真吓人！我好害怕，哦天哪！我真想回家！"

剑龙小声对我说："谢谢！不过你可别真走！"

我跟剑龙点点头，然后继续往前走，很快就发现独眼巨龙的洞门口被一块大石头堵住了。

呃……我不喜欢这样。这意味着让谁进和让谁出都由他说了算。在那个堵着门的大石头上，有一张独眼巨龙贴的纸条，上面写着："进来的人们，你们必须把一切希望抛开！"哦不，他抄袭了但丁的作品。

我们都觉得是独眼巨龙抄袭了但丁……（如果事情恰恰相反呢？）

进来的人们，你们必须把一切希望抛开！

如果事情恰恰相反呢？

毕竟历史总是充满悬疑。不过现在没时间去纠结但丁的《神曲》是否抄袭自独眼巨龙了，我需要搞清楚的是特丽莎现在怎么样了，唯一的办法就是走进去……

> 我就知道早晚会有人发现我的《神曲》是抄来的。不过那时候可没有版权一说。

大石头被独眼巨龙移开，这说明我可以进去了。我看到了被囚禁的特丽莎。独眼巨龙把她绑在墙上，并且堵住了她的嘴。

"说你呢，那个小矮人，"独眼巨龙问我，"你叫什么名字？"我深深地吸了一口气。原本我害怕得快窒息了，但是一想到蜘蛛侠、蝙蝠侠这些勇敢的英雄，我的勇气就又回来了。

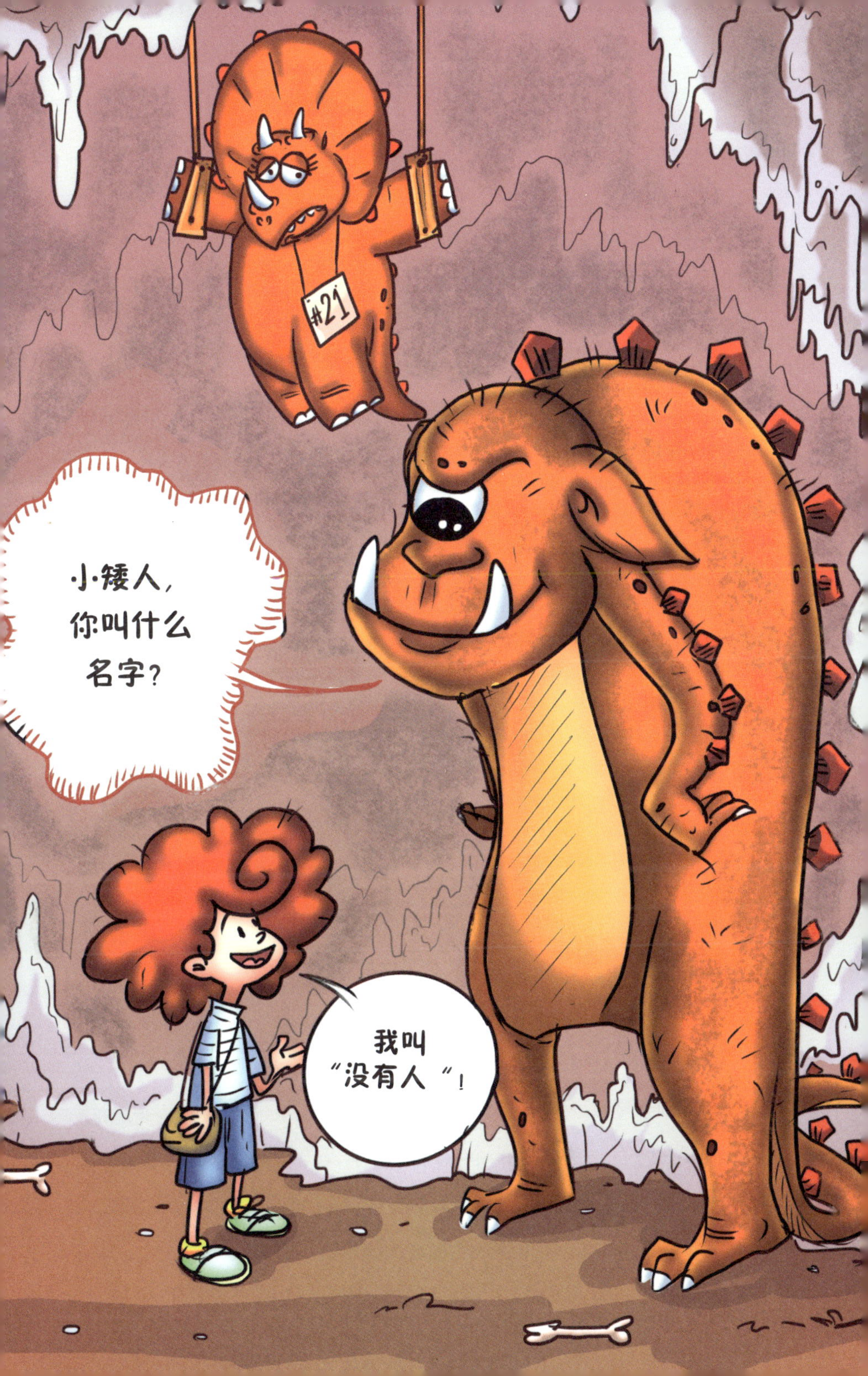
#21
小矮人，你叫什么名字？
我叫“没有人”！

只是，当我想起他们不过是漫画书里的人物时，差点儿吓晕了。不过好在，我想到了一个好主意。

"没有人！"我对独眼巨龙说，"我叫'没有人'！"

没有人

跟他说我的名字叫"没有人"，这个点子真是绝了。

没错，《奥德赛》中早就有这种桥段了。其实，我本可以说我叫"不知道"或者"没听懂"的，但是聪明如我，能够记住尤利西斯和独眼巨人波吕斐摩斯的故事情节，这更能证明我的优秀不是吗？这个又丑又臭的怪兽龇了龇牙，我顿时觉得脊背发凉。

这种长得吓人而且说话无趣的家伙真不应该出现在儿童读物里。

"如果已经买过票了，你现在就可以欣赏我的雄姿，然后就能离开了。看见那个三角龙了吗？一会儿午餐的时候，我就会吃了她！因为今天没人给我带来更好的食物。

"如果你感兴趣，我允许你参观我进食。不过，你要是吓得哇哇乱叫，我会把你当成餐前的开胃菜。"

特丽莎用目光向我求救，我对着她微笑。我一定会救她的。

计划的第一步：我从背包里拿出一瓶葡萄酒送给独眼巨龙。他不知道那是什么，还以为自己喝的是可乐呢。这酒虽然很甜，但是酒劲十分浓烈，连希腊神话中的独眼巨人喝了都要呼呼大睡。独眼巨龙先尝了一口，然后用手轻轻地拍了拍自己的脸颊。看样子他非常喜欢葡萄酒，所以才会惊喜地对我说："我喜欢你给我的礼物。没有人，我会把你留在最后吃的！"

他对我倒是挺不错！

我当然不想被独眼巨龙最先吃掉，也不想成为他的餐后甜点。一切尽在我的掌控中！很快我就会让他明白，在我们两个当中，谁才是强者——野蛮终究是斗不过智慧的！

想知道独眼巨龙后来怎么样了吗？
请继续阅读，并欣赏
他醉酒后的糟糕反应。

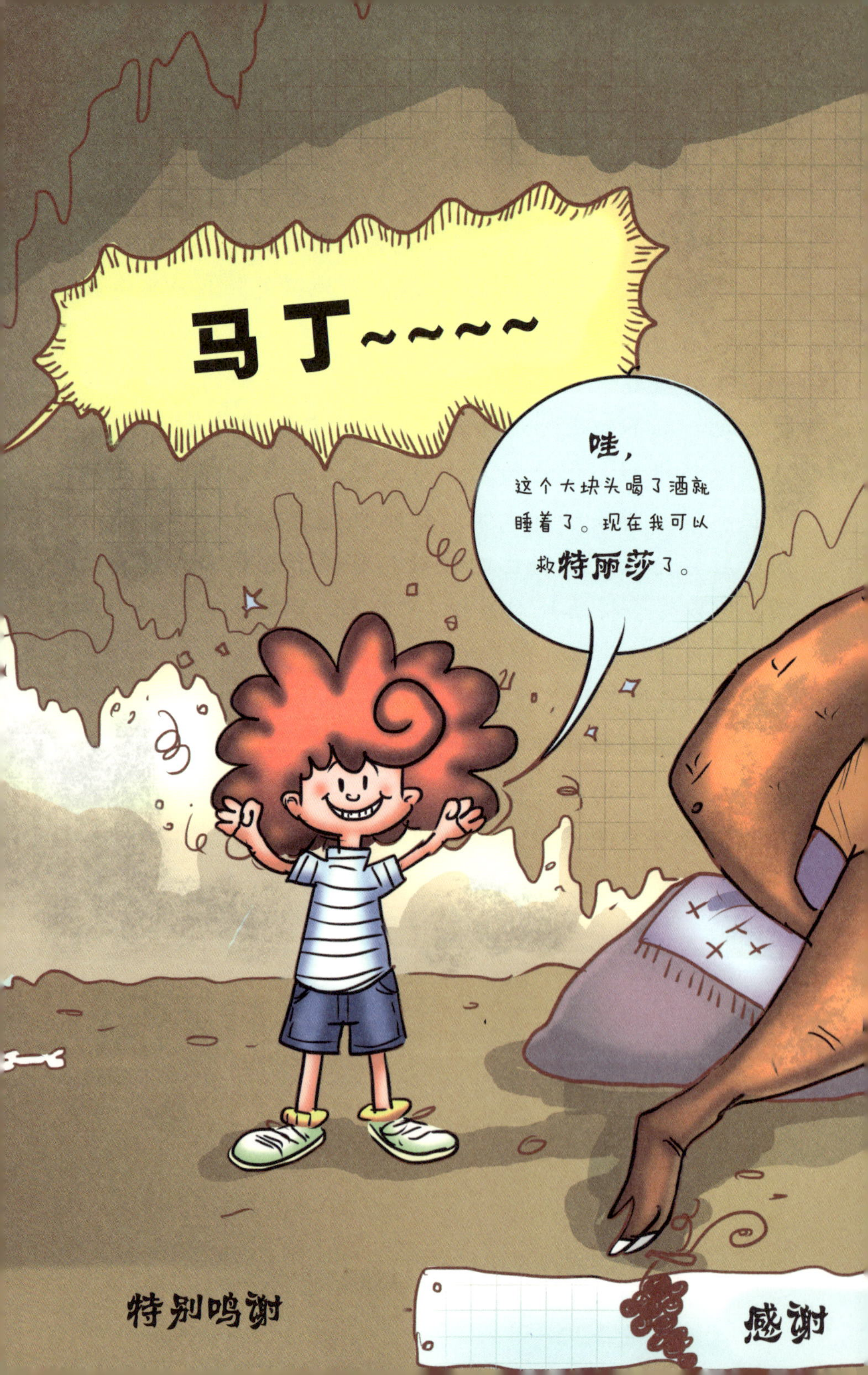
马丁~~~~
哇，
这个大块头喝了酒就睡着了。现在我可以救特丽莎了。
特别鸣谢
感谢

巴克斯!　　　　　　　　　　司酒之神

"你有什么心事吗？"我问特丽莎。

"你只把事情做完了一半，现在该由我做接下来的事情了！但是，我就不能安安静静地做一次人质吗？我也不想干预你的计划！"特丽莎小心谨慎地说。

"我哪里做得不好吗？"

马丁希望特丽莎
这样迎接他

"怪兽很快就要醒了，我们得确保不会再被他抓到！"

"你说得对。我的计划常常虎头蛇尾。不过我现在有主意了。我读过荷马史诗中的《奥德赛》，里面的独眼巨人醉酒后开始呼呼大睡，尤利西斯趁机执行了第二步计划：他和同伴把独眼巨人弄瞎了。不如我们也这么干吧！"

"你，你没发烧吧？我们可是儿童读物里的角色！怎么能像神话故事里的主人公那样暴力呢！"

我们不是暴力分子！我们可以用这种小树枝摩擦他的眼睛，让他失明几个小时。之后他的眼睛只会有些痒，不会造成严重伤害。

"独眼巨龙可是要吃我们的，咱们就用这个小树枝对付他？"

特丽莎摇摇头，显然她不喜欢我的态度。

"不去参战，就是平息战争的最佳办法！世界也会因此变得更美好。"

特丽莎是个好女孩，她强壮、坚定，却不喜欢武力。

我明白她的意思了，提议道："既然如此，还是赶紧溜吧！对独眼巨龙来说，我们就是长着腿的牛排。"

恰巧，独眼巨龙这时候醒了，因为醉酒的关系，他只能跌跌撞撞地去把独眼兄弟们叫醒。

我从来没想过独眼巨龙还有兄弟……

原来世界上的怪物都不是独生子女！

其他独眼巨龙跑到了洞门前。我和特丽莎赶紧在附近藏了起来。

其中最小的独眼巨龙杰瑞问哥哥："为什么大喊大叫的？找我们来什么事？"

醉酒的独眼巨龙回答道："'没有人'想要杀我！"

兄弟们都以为独眼巨龙在说醉话，一个接一个地走了，只留下他独自悲伤。特丽莎和我则藏在山洞里的羊群中。

但是独眼巨龙的兄弟们用一块大石头堵住了出口，我们根本出不去。

等到第二天早晨，他们会把羊群放出去吃草，那时候我们就有机会逃出去了。幸运的是，独眼巨龙的眼睛还有些不舒服，所以他顾不了这么多羊，也发现不了我们。

我们在地上收集了一些羊毛，然后假扮成咩咩叫的羊。我真是个天才，这个计划绝对万无一失，任谁都想不到。

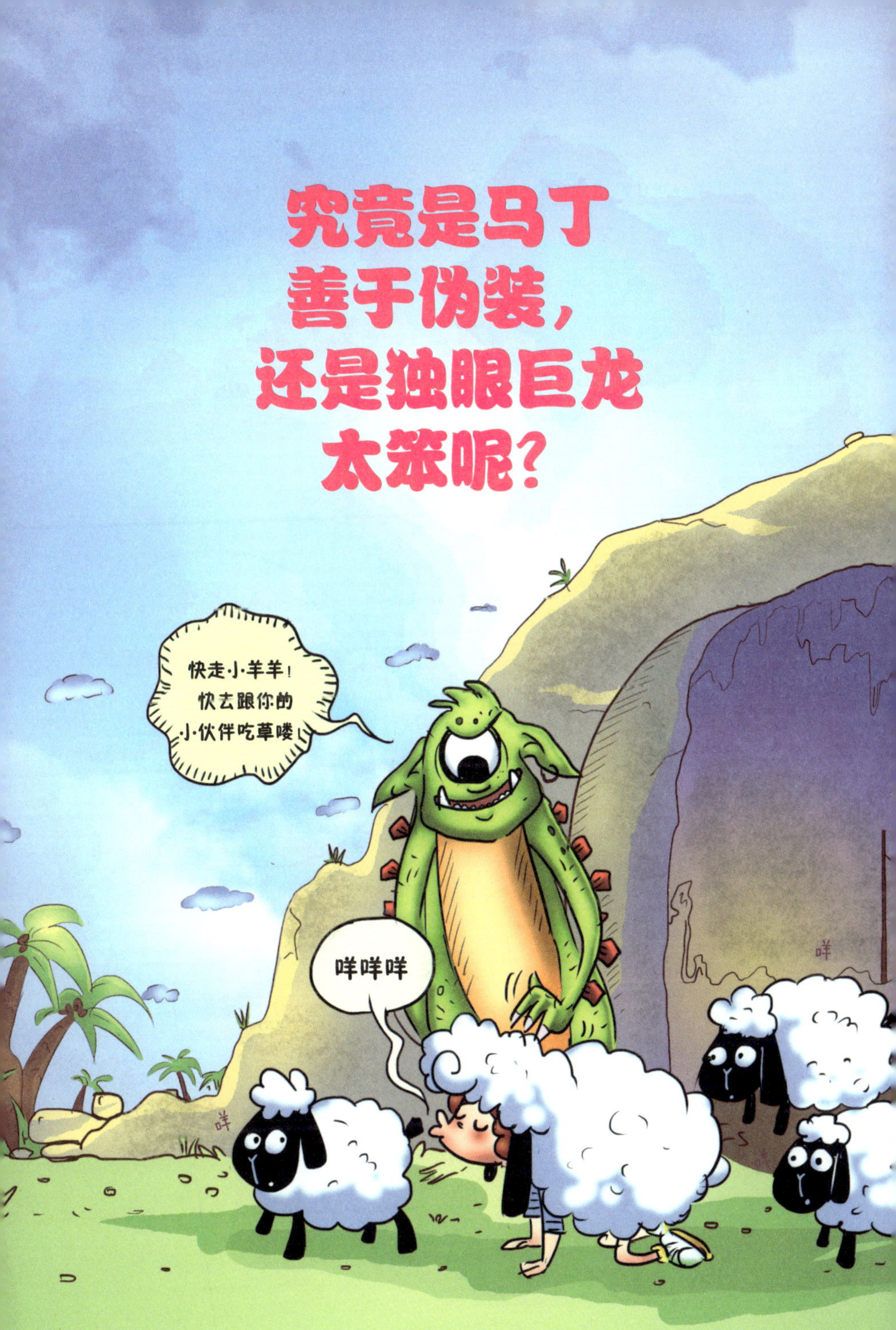
究竟是马丁
善于伪装，
还是独眼巨龙
太笨呢？
快走小羊羊！快去跟你的小伙伴吃草喽
咩咩咩
咩
咩

最小的独眼巨龙杰瑞站在洞门前，轻抚着每一只外出的小动物。当杰瑞用那只臭烘烘的手摸我的头发时，我赶紧对他露出懵懂无知的微笑，并发出"咩咩"的叫声。一瞬间，我都差点儿以为自己真是一只羊了。杰瑞没有丝毫怀疑，甚至还催促我快去吃草。

哈哈，我就说嘛，我真是个伪装高手。真是太让人高兴了！我就知道肯定能成功。我和特丽莎都是伟大的演员。离开山洞后，我抱住特丽莎，谦虚地对她说："我是个好演员，就像布拉德·皮特一样！那一刻我就是一只绵羊！你觉不觉得，我当时的表现都能获得奥斯卡奖了？"

特丽莎根本不懂我在说什么。

我要把这个奖献给所有人。我表演的羊叫，充满情感和自信。如果说今天的我比过去的我有一些进步的话，那么都要归功于我自己！谢谢大家，我爱你们！

掌声

掌声

她没看过电影，自然也不知道那些电影奖项。即使面对一脸懵懂的特丽莎，我还是忍不住幻想当我站在领奖台上，手里拿着恐龙造型的奥斯卡奖杯时，周围都是我的影迷，我会向他们表示感谢："我要把这个奖献给所有人。我表演的羊叫，充满情感和自信。如果说今天的我比过去的我有一些进步的话，那么都要归功于我自己！谢谢大家，我爱你们！"

特丽莎嘴里不知道嘟囔着什么，显然她并不欣赏我的演技，甚至在关键时刻打断了我的美梦："马丁，别做梦了，现在得想个办法回家！"她让我想办法，可我就是办法啊！难道她不知道，我就是使侏罗纪世界免于毁灭的办法吗？

掌声

掌声

　　我提醒自己要发明电影经纪人这种职业！我需要一位电影经纪人。

　　我鼓起勇气告诉特丽莎，我还没想到办法，不过这只是小菜一碟。

　　"我喜欢临场发挥。"

　　"什么？那你问问临场发挥，在被独眼巨龙吃掉之前，我们如何才能回家！"

　　也许是我失算了，但我不想跟特丽莎承认这一点。英雄们犯错不该被弄得人尽皆知。

或者，英雄们从来都不承认自己犯了错。是的，我更喜欢这样。特丽莎很紧张，她把所有希望都寄托在我身上。

　　我露出一个成熟男人式的微笑安慰她说："朋友，相信我，我知道我在做什么！"

　　特丽莎耸耸肩，仿佛在用身体语言告诉我，此刻她多么无可奈何。

　　我绝望地仰望天空，竟然看到了救星！一个巨大的热气球正在天上飞呢！

如果是"没有人"把我灌醉，为什么我醒来后却没有人见过"没有人"呢？哎，没有人比我更困惑啊！

我眯着眼睛想要看得清楚些，结果就看到了沃尔多的脸，接着是劳埃德、瑞普特。太好了，我的朋友们都来了，他们来救我们了。我从树上摘下一片叶子卷成望远镜筒，透过它往天上看。

这一次我还看见了新朋友皮特什那张暴躁的小脸蛋，他此刻不知正说着什么呢！因为离得太远，我听不到他说的内容，但是我想应该都是对我的关爱之词吧！

"有没有人能给我一把弹弓，我要用花生米射马丁那个没脑子的家伙！"皮特什跟伙伴们说。

"朋友们！"我挥舞着手臂想要引起他们的注意，"作为计划的一部分，我就在这里等着你们呢！"

嘿嘿，虽然我没有计划，但是显然他们有啊！至于特丽莎会不会觉得这是我想的办法，已经不重要了。

沃尔多控制着热气球在海滩着陆。

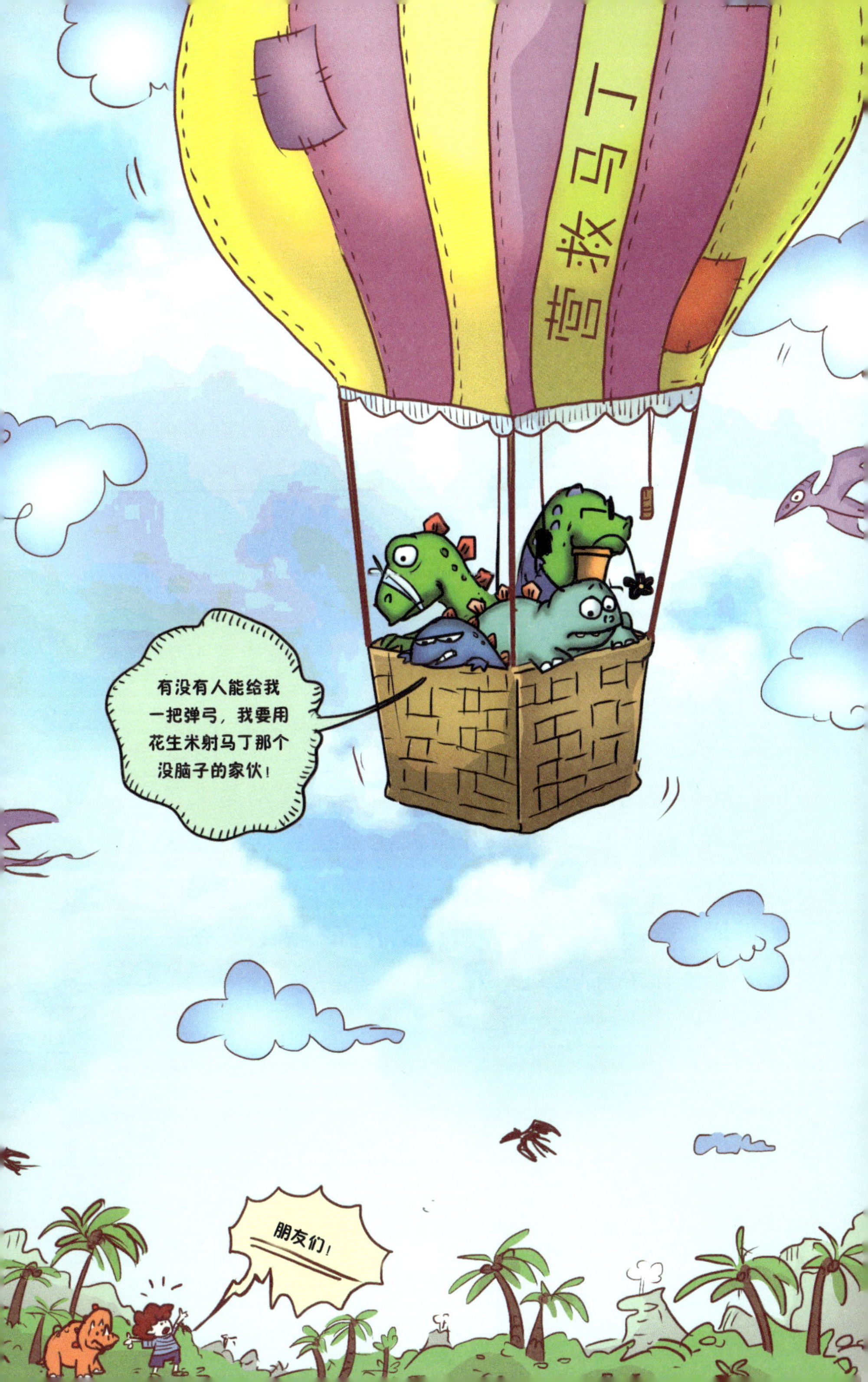
有没有人能给我一把弹弓，我要用花生米射马丁那个没脑子的家伙！
朋友们！

沃尔多是那么快乐，乘着热气球飞翔让他觉得自己与众不同。我和特丽莎跑向他们，我问："你们从哪儿弄来的热气球？"

　　皮特什在回答我的问题之前，微笑着拥抱了我。确定我一切都好后，他又换上那副狡黠的笑容，告诉我："是我做的。我在法国的阿诺奈遇到了热气球的发明者蒙戈尔菲耶兄弟。1783 年 11 月 21 日人类历史上进行第一次热气球飞行，当时我也在场！我看见热气球先被固定在地上，然后带着科学家罗齐尔，还有雷维和维莱特这三个法国人飞上了天。"

　　远处传来了独眼巨龙的脚步声！如同地震一般的步伐，我们脚下的沙子都跟着震动起来了。

　　独眼巨龙虽然跑得不快，但是他沙哑的嗓音却已经清晰地传到了我们的耳边，仿佛加了扩音器一般："我看见'没有人'了！这次我非吃了你不可！"

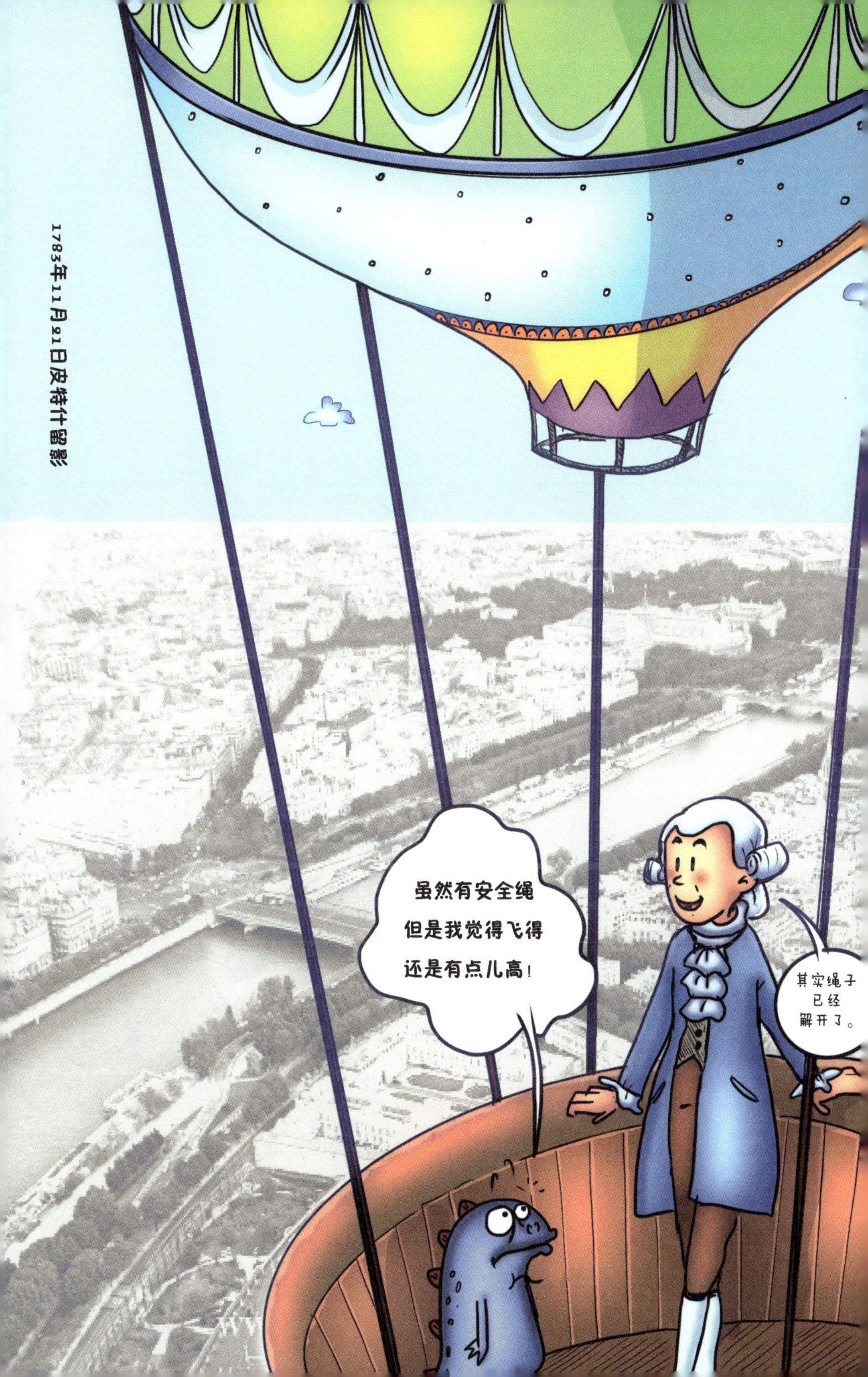
1783年11月21日皮特什留影
虽然有安全绳
但是我觉得飞得
还是有点儿高！
其实绳子
已经
解开了。

除了特丽莎，其他朋友都不知道我就是"没有人"。

我赶紧警告大家："朋友们，你们要是不想成为独眼巨龙的晚餐，就赶紧逃命吧！"

瑞普特在任何时候都不忘幽默，当我们都往热气球里挤的时候，他又开始给我们讲冷笑话了："为什么独眼巨龙只长一只眼睛呢？"

我看见"没有人"了。

瑞普特，
好问题！
答案是
什么呢？

再见了！！

我们一脸疑惑地看着他，不知道该如何回答。瑞普特像一位优秀的喜剧大师那样，等我们安静了，才慢悠悠地说："这样他喝醉酒的时候就不会看到重影了！"太逗了！瑞普特简直就像克里斯·洛克，杰瑞·宋飞和拉里·大卫那么棒！毫无疑问，瑞普特跟这些载入史册的优秀喜剧演员一样伟大！

你需要帮助，
亲爱的！你想跟我谈谈这件事情吗？

第 3 章
爱的力量

亲爱的日记：

　　我跟朋友们一起飞上了天空，俯瞰着恐龙峡谷的美景。然而，即使面对着葱茏的植被和湛蓝的天空，我们的心情还是很难过。因为距离我们不远的地方，那里的天空已经灰蒙蒙了，工厂排放的浓烟正在吞噬着大自然的美好。如果天空都被污染了怎么办？

瑞普特的奇怪问题……

劳埃德担心地问我们："如果我的歌声也无法让生活变得更美好怎么办？"

我们飞过侏罗纪世界的上空，看见剑龙爱里奥不停地往他洗澡的湖水里吐口水，而且咳嗽得上气不接下气。

稍稍缓过来一些后，他大声地对我们说："这水都臭了！闻起来像石油似的！"

我们对视了一眼，彼此都意识到黑暗社团的工厂造成的污染正在日益严重。

一只正常的剑龙可不会觉得这是好事！

知道我们身在何处吗？

特丽莎为此十分担忧，她紧张地说："也许马丁说得对，这次我们真的要完蛋了。黑暗社团和伯纳德制造的这些污染足以导致恐龙灭绝的严重后果。"劳埃德则继续边弹吉他边唱："我要唱出愤慨，希望他们能够明白！"我打断劳埃德说："就算音乐也掩盖不了工厂发出的噪声污染。不过我有个办法能够让他们关闭工厂。"

　　"我也有一个办法！"皮特什突然说，"我们可以一起朝他们做鬼脸。霸王龙最受不了这个了，我们就用这个办法对付他们！"

　　我试图终止由我挑起的这个话题，便转身对大家说："我是天选之人。我的智慧可不像酸奶那样只有几天的保质期。我有一个与我的身份相匹配的好点子，绝对可以拯救世界。"

略略略略略略略略!!

无敌鬼脸!!

这是霸王龙们应得的!!

皮特什面带讽刺地看着我，笑着说："请问，天选之人是如何知道自己是天选之人的？"我也笑了，拍了拍他的脑袋解释道："诺亚和我一样都是天选之人。但是方舟上的动物们可没有这么多的问题！"

你就是能带我们上方舟的天选之人吗？请你拿出证据！

听着兄弟，你得买票，不然上不了船。

另外，别问这种没礼貌的问题！

试想一下：如果在场的人不是诺亚而是马丁，那么方舟的故事将会是怎样的呢？

沃尔多靠过来拥抱我。这个小甜心总是无条件地相信我。

等我发明了火箭，
一定送给沃尔多一艘。

"老师，能说说你想怎么拯救地球吗？毕竟污染的危害不像陨石那么直观，我们也不能像上次宣传冰川期那样搞一次展销会，但是我知道污染更可怕。"沃尔多已经完全掌握了问题的实质。

看来以后我得让沃尔多当我的代言人了，因为他比别的恐龙更能领会我的意图。我必须得对他有所表示："任何东西都可以被清除，但是人类的愚蠢永远不会消失。所以想要赢得侏罗纪世界保卫战，唯一的办法就是把那些又坏又笨的人赶走。这一点，你很快就会明白的。"

沃尔多明白
保护环境的重要性。

一个塑料瓶不管是被埋在地里还是漂在水中，完全降解得用上 100～1000 年。我为此十分担心，这样下去这个世界的环境只会越来越糟糕。所以，我在向大家介绍计划时说："如果我们不想在鱼的胃里发现塑料袋，那么我们就得把伯纳德和那些坏蛋赶出侏罗纪世界。所以我认为，恐龙是否会灭绝完全取决于人类！"

我是天选之人！像**太阳**一样光芒万丈！

来来来，说说你是怎么像太阳的！

这就是你不堪入目的原因。

"你已经想好对策了？要怎么才能实现呢？他们有邪恶的霸王龙撑腰啊！"劳埃德问。

我的主要任务就是想办法……
至于要怎么实现，
这不过是一些细节问题。

"我当然不会做绑架这种没有水平的事情，我要他们自己送上门来！"

"这怎么可能？你又不是巫师！"

"当你无法用武力取胜的时候，就得靠智慧了！这次我得靠营销手段！"

"营销手段？"大家异口同声地问道。

有没有很好奇？
是不是很想知道我的
营销手段到底是什么？
别急，我会慢慢讲给你听……
下面，请翻页！

我开始用学者的语气说话，为了让自己看上去更有智慧，我还特意戴上了一副平光眼镜。

"当你想出售某种物品时，你就得为它设计出一种吸引消费者眼球的销售方式，这就叫作营销。"

特丽莎点点头，说出她对这句话的理解："所以懂得如何卖货就是营销。那你想卖什么，怎么卖呢？"

快餐改变世界！
谁能拒绝芝士汉堡的诱惑？

"今天我要发明快餐，然后设宴款待黑暗社团的成员。我们都将成为出色的营销高手。大家将会看到黑暗社团的成员争相来到这里，之后我会用特制的汉堡让他们昏睡，这样我们就有机会把伯纳德和坏蛋们弄回现代社会去了。没有了他们，不先生就掀不起什么风浪了，到时候他也只能乖乖听我们的话！"

沃尔多欢快地穿过草坪飞奔过来："太棒了！我们要开第一家'马当劳'整蛊黑暗社团了。要是这个计划不起作用怎么办？"我像所有自信的老板那样向沃尔多保证："这只是我的 A 计划，我还有 B 计划！"

　　皮特什掐了一下我这个伟大足球运动员的脚踝："我的 B 计划就是拼命地嘲笑你……"

十二天以后

亲爱的日记：

今天，我在朋友们的帮助下，开了第一家"马当劳"快餐店。

过程比较匆忙，因为我们必须赶在侏罗纪世界被彻底污染前完成这项工作。

短短几天时间，天空就被污染得很严重了。工厂不停地产生有害气体，浓烟完完全全把白云遮挡住了。

更奇怪的是，侏罗纪世界的翼手龙都不再飞翔了。他们出行的时候都会选择乘坐雷龙公交车。

因为当风从工厂的方向吹来时，空气里掺杂的许多细小灰尘颗粒堵塞了他们的鼻孔，于是连呼吸都成了一件困难的事情。翼手龙甚至还在翅膀上写了"因污染原因暂停飞行"的标语。

我们把"马当劳"的广告牌摆得到处都是。

当几百名黑暗社团成员涌向店里的时候，我和朋友们都惊呆了。

营销大获成功！

我们立刻开门做生意，让大家都能吃到他们想要的汉堡。

伊芙为了插队，还绊倒了一只小霸王龙。

艾德则用花生米弹弓暗算所有排在他前面的人，然后快速地来到了售货窗口。

麦克更讨厌。他吃了好几斤大蒜，当他张开嘴巴的时候，周围的人都被熏倒在地。

不先生更绝，不仅连续两周没洗脚，走路的时候还特意伸出两只脚爪，用臭味逼迫其他排队的同伴给他让路。

伯纳德像猎犬一样贪婪地吸着鼻子，厨房里的香味瞬间就攻陷了他的大脑。

我们迎来的第一名顾客就是伊芙。

她在学校里起初表现得挺好，后来跟着麦克学坏了，不过她的弟弟朱尼尔一直都是好孩子。

伊芙指着我身后的餐单，颐指气使地说："我要那个！"我向她展示了我的马当劳制服，然后指了指衣服上的名牌，说："我——老板！"我想让她知道，我是这里的负责人。可惜，她根本不在意。

伊芙不耐烦地跺着脚，好像等待对她来说是一种折磨。

"我要看那个餐单！"她大叫着，"我想知道里面有什么惊喜。快点给我！"

我并没有照做。作为计划的一部分，我拿出了一个盒子诱惑她。

"选吐司能得赠品。这里有会跳舞的假牙和呼啦圈，选一个你喜欢的吧！"

会跳舞的假牙很不错，那可是我们用真牙（恐龙们自然脱落的牙齿）做的，不是塑料的。

侏罗纪化装舞会上可以用到的小玩意儿！

上好发条，它就能跳舞了！

　　"我要十副假牙！"伊芙神经兮兮地说。

　　"可是，"我说，"这样一来其他人就不够分了。"

　　"我说了，我要十副！"

　　我笑了。想要十副假牙，就得至少吃下十片马当劳吐司，也就是说她要睡上好一会儿。

生存还是毁灭，这的确是个问题！

　　"好吧！"我点着头，把那些都给了她！哈哈，她已经中了我的圈套。

坏蛋就是这么脊性……

麦克、伯纳德、艾德和不先生也都在狼吞虎咽地吃着热狗和芝士汉堡。

　　他们的肚子都要撑破了……我真想让你们看看，那些肚子大得像装着霸王龙的大爪子。

　　即使如此，他们还在不停地点餐，不停地吃。快餐和我们的营销方式让他们相当满意。

　　这些家伙喜欢赠品，喜欢厨房飘出来的香味。但是他们不知道，那香味是食物芳香剂的效果，而且我们还在食物里加了安眠药。

　　过了一会儿，他们就都趴在桌子上睡着了。

　　我想，坏蛋们睡觉前一定不会数绵羊，他们大概会想着怎么欺负绵羊吧！

马丁的邪恶计划

快餐

我的热狗能够
有效治疗
失眠症！

这家伙还挺有
颠倒黑白的
本事！

睡着了的不先生就像一只在晒太阳的大蜥蜴，而不是一只凶猛的霸王龙。看来所有的坏蛋们都该多睡觉少打架。

不再
打架……

但愿离开了那些坏蛋之后，不先生能变成一只可爱的霸王龙，甚至可以开一家冰激凌店或者花店什么的。沃尔多、劳埃德、瑞普特和特丽莎把三个坏蛋以及伯纳德放到雷龙公交车上的干草堆里。车厢是用木头做的，轮子是石头做的。

我们让雷龙把他们运到时空传送的地方。特丽莎拿出平日里差遣别人的态度对雷龙说："还等什么？再不走他们就醒了。赶快让他们回老家去！"

坏蛋们回家了！

我对朋友们说出了我的想法："为了确保他们不会马上醒来，我打算亲自带他们回现代。否则你们会因为这些坏蛋而面临灭绝的危险。"

坏蛋们
回家了！

再见了友们！我要自送他们回去。

侏罗纪世界
绝不能因为
坏蛋而毁灭！

"你要离开侏罗纪世界？"沃尔多眼含热泪地问我。

我爱他！如果我是沃尔多，我也会想念我自己的！

我的回答让他们十分难受。作为一个优秀的领导者，我安慰大家："不，我不会真的离开你们。我只是回去陪陪家人，然后就会回来！

我当然不想 离开朋友们！ 我们还会再见的！

真正的友谊永远不会结束。你们永远是我与众不同的朋友，我们始终爱着彼此。放心，作为天选之人，我会一直保护你们，所以我们很快会再见的。我至少得确认你们都从灭绝的危机里逃了出来。"

特丽莎听了我的保证，仿佛阴霾一下子被阳光驱散，高兴地说："等你回来的时候，我们会关闭所有的工厂。"

做事积极主动是特丽莎的优点！

瑞普特也笑着补充说："我们还会开一家戏剧社……"劳埃德又像往常一样拿起吉他边弹边唱："还要举办露天音乐会！"

特丽莎拥抱了我，然后做了总结发言："我们要做时空守护者，把地球变得更美好。等你回来，我们再继续分享幸福时光。"

我的朋友们会保护地球的！

"我是天选之人。而你们都是天选之人的副手！"我像往常一样谦虚地说，为了看上去更威风，我还纵身一跳。我想这一定很帅，因为这正是蜘蛛侠的招牌动作！只不过我耍帅的结果是我在雷龙公交车上摔趴下了。

友谊地久天长！
任何事情都不能让我们分开，
哪怕过了一万年，我们也永远是朋友！

亲爱的日记：

我今天已经身在纽约了。回去那天，我把那几个坏蛋放到了公交车站附近。其实，本想把他们丢到垃圾箱里的，但是觉得这样对里面的老鼠不公平。

我很高兴，他们再也回不了侏罗纪世界了，因为时空守护者会守住通往那里的大门。是的，我的那些朋友将阻止人类的破坏行为。

今天是具有特殊意义的一天。

我终于能再次见到奶奶了。虽然我觉得好像隔了好几个月的时间，但其实那段时间在现代根本没有存在过，所有的一切都好像被冻结了。这种感觉就像是梦境跟现实开了个玩笑，我喜欢！

奶奶给我做了很多好吃的，还跟我一起打橄榄球。你得知道，她可不是当观众看球赛！明白我在说什么吗？奶奶亲自上场了。我说过，她是一个很特别的人。

虽然我回来还不到 1 个小时，但是我知道很快我就会回到侏罗纪世界。我想念沃尔多、劳埃德、特丽莎、瑞普特，还有古灵精怪的皮特什。

我把背包放在卧室的桌子上，它竟然自己动了起来，跳来跳去，好像被什么遥控了一样。我早就说家里有古怪。不然该怎么解释我那奇怪的父母呢？

我差点被吓出心脏病。即使我强壮又聪明，但是当我不再扮演天选之人的角色时，我也会像其他人一样胆小脆弱。嘴里的牙齿如同被放在会跳舞的地板上，不由自主地打起颤来。

我小心翼翼地靠近背包，猛地抓起它丢在地上，然后以迅雷不及掩耳之势扑上去，企图把它压扁。突然从里面传来一声尖叫，把我吓了一跳，还以为自己遇到了《怪奇物语》中的魔王呢！我小心翼翼地把脸凑过去，想窥探里面到底是什么。结果里面那家伙居然说话了："你有口臭！你们这里的牙膏很贵吗？"

我赶紧拉开拉链，你猜我发现了谁？居然是小坏蛋皮特什。

他若无其事地从里面跳出来，掸掉了狡猾的脸上的灰尘。

"你觉得我会让你一个人独自离开吗？你知道怎么回到侏罗纪世界吗？没有时空龙的帮忙，你就只能永远待在现代社会了。"

我笑着抱起皮特什。尽管他骄傲、自大又狂妄，可他是我最好的朋友。所以就算他跟我说"行了，你生日时我就送你牙刷吧"，我还是爱他的。

皮特什，有你在这儿陪我真是太好了。

天选之人马丁连罗宾的助手都当不了。

✳ 无意冒犯：那么蝙蝠侠的助手是谁？

125

马丁历险记之侏罗纪日记

尾声

很久很久以前，

在一个很远很远，

但也不是特别远的星系里……

爆发了一场猕猴桃大战（名字还真奇怪）。

一个由勇敢的自由主义战士组成的

神秘联盟向星系帝国发起了挑战，

誓要推翻其残暴的统治。

为了粉碎马丁和助手皮特什掀起的叛乱，

星系帝国制造了一艘凶猛的战舰，

并在火星上寻求同样残暴愚蠢的

同盟……

猕猴桃大战

1月12日

我叫马丁，今年12岁。除了长得帅，我还是个天才（从我深邃且有教养的眼神中就能看得出来）。很明显，我现在遇到了一点儿麻烦。我和臭烘烘的时空龙乘坐一艘我无法控制的火箭来到了太空，想要阻止外星人入侵地球。

想知道这两个狂热分子飞到太空
会有什么后果吗？
请翻到下一页。

好多陨石啊！这说明我们越来越靠近天狼星了，不过皮特什，你有没有闻到臭臭的味道。
嘿，知道吗？在太空舱里放屁，是不能开窗换气的。

我会告诉你，我是如何来到银河系中心的。两天前，我和朋友皮特什一起打网球。你真该看看我们当时的英姿，真是帅极了。

如果我知道所谓的"打网球"就是把我当球来打，我才不会来呢！

马丁增进友谊的奇特方式

我用球拍拍打皮特什，他觉得这很有趣。尽管皮特什不爱表露情绪，但是我能感受到他的爱。

突然，我爸爸和妈妈回来了。他们两个都是超级完美的人，不仅拥有精英派头，还各自管理着两家跨国公司。他们拥有超级平板电脑，构思的计划也是无敌好。

爸爸以为皮特什就是个玩偶，所以在我阻止他踩踏皮特什的时候，表现得很不开心。

再说我妈妈，她总是因为我爱穿条纹衫而批评我。因为她只穿黑色的衣服，所以也想让我像她一样着装庄重。

他们有时候也挺好的，只不过由于脑子里装了太多东西，以至于忘记自己也该适当搞笑一下。这也是他们让超级保姆格特鲁德照顾我的原因。

想知道格特鲁德是谁吗？
别着急！

他们让保姆晚上来家里工作。

可是我的保姆一点儿都不好。家里被她摸过的植物很快就会枯萎。我确信动物们也讨厌她，因为经常有狗追着她满街跑。她还有强迫症，椅子、叉子、地毯……所有的东西都得按她的要求摆放。而且，她不管干什么都会扯着嗓子大喊大叫，那声音就像用指甲刮黑板似的让人难受。

都给我摆整齐

她热衷于减肥。如果我跟她要甜食吃，她就会滔滔不绝地说甜食的坏处，最后还要对着我大喊："要是我给你吃了，那些东西会让你胃难受，是的，比被大猩猩打了还难受！"我觉得，她就像豪猪，拥抱你的同时还用满身刺刺痛你。

所以，当爸爸妈妈出去参加宴会又把我
丢给她后，我就把她的手机给藏了起来。好
吧，说实话，我不是真的想让她找不到……

我只是单纯地不想让手机打扰任何人，
才顺手把它换了个位置——扔进了房子前面
的大海里。

我想让大海
的波浪都大
小一致。

这就是
格特鲁德!
（我可爱的
保姆）

134

结果我发现，即便是海中的鱼儿也喜欢最新款的手机。

格特鲁德在海底找到了她的手机！之后，她便向我展开报复！

她简直就是小题大做！心眼儿够多的！

话不多说，总之，她趁着我抱着小时空龙睡觉的时候，把我塞进了名为"0306"的火箭里。

谁会想你这个讨厌鬼？这个手机从来就没响过。说明你根本就没有朋友！

我会想你的，我的朋友。

"到外太空去祸害外星人吧！"她关上舱门，按下启动键后这样说道。

你也许会问火箭是哪来的。实话说吧，我爸爸的那家跨国公司就是生产太空飞船的。他总爱把跟工作相关的东西带回家。这艘最新款的火箭1小时就能飞到火星，如果要去月球的话，45分钟就够了。这次爸爸把它停在了我家后院。所以，格特鲁德才能有机会把我和皮特什塞进去。当她看着我们飞上天时，激动得大叫："没有了你，这个世界会变得更和平。"

炸刚了！

我觉得
格特鲁德i
我了，我
不过就想
开个玩笑

温馨提示：你要像尊真

你真该看看她当时大笑的样子，把我丢到太空让她无比开心。

我之前说过，这是两天前的事情。那时候我们还没决定去天狼星。现在来说说昨天发生的事情吧！我们在火星着陆了，并且幸运地在火箭里找到了太空服。皮特什认为太空服能有效解决缺氧的问题，而我则看重它隔绝我朋友臭屁的功能。

我们着陆了！

　　我们对宇宙了解得太少了，而且之前掌握的知识也是错的。火星上存在生物，只是跟我们想象的不一样而已。另外，火星生物不叫火星人，而叫软软人。他们长得黑乎乎的，每天除了玩耍，就是吓唬彼此。

这里有好多过分活跃的
软软人！

1月11日

138

软软人

他们互相吓唬……搞恶作剧就是他们的工作！

他们互相嚷嚷！

看到别人害怕，自己就会开心地怪叫！哎，真是一群小坏蛋！

不过他们也是友好又机智的朋友，为了放松心情，他们会互相帮忙推秋千！

如果想见识软软人是怎么笑的，那么就使出浑身的力气把秋千推得高高的。

告诉你，他们都是非常非常奇怪的生物！

我们的困境

我拦住了其中一个小家伙，说："呃……根据我的判断，这里是火星。那么小火星人，你能不能帮我确定这一点？"皮特什对我露出嘲讽的笑，他觉得问火星人这里是不是火星实在有些傻。这根本就是毋庸置疑的。

想知道软软人是怎么回答的吗？
请接着往下阅读！

"我们是火星生物，不过我们叫软软人。你最好别在火星上闲逛，这很危险。如果邪恶势力的老大毕夫发现你们未经他的允许就到处走，他会把你们关到海王星的监狱里的。"

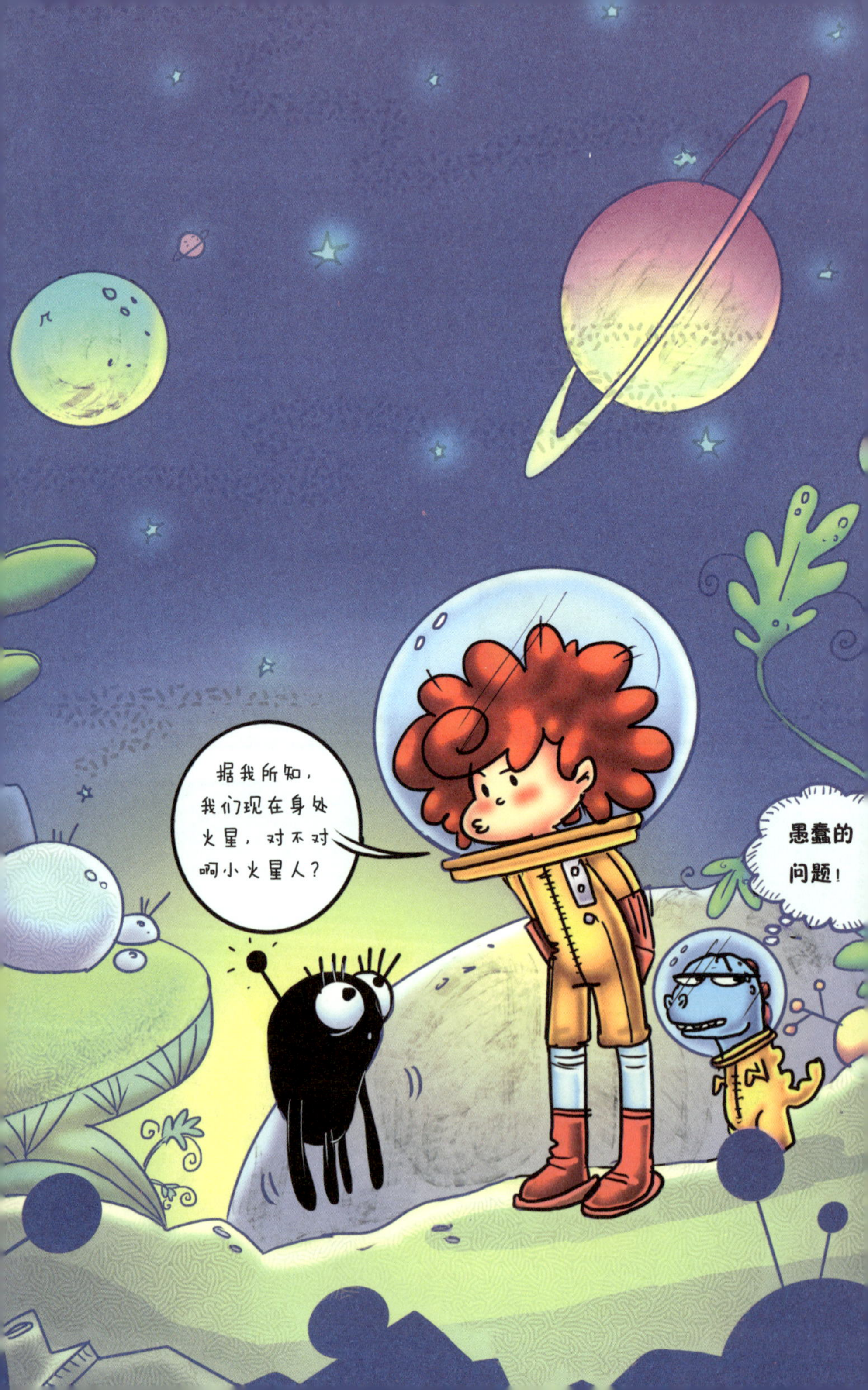
据我所知，我们现在身处火星，对不对啊小火星人？
愚蠢的问题！

为了避免误会，我赶紧向他解释："我们是为了和平而来！"软软人突然大笑起来，说："毕夫可不喜欢和平。如果你不想让他太过暴躁，唯一的办法就是随身携带一颗猕猴桃。"

"什么？"

我有点儿懵，而皮特什比我更迷惑，他情不自禁地捏了捏自己的鼻子，每当皮特什不知所措的时候都会这样。

毕夫：喜欢猕猴桃的大反派

外星间谍

邪恶的外星人首领

为防隔墙有耳，这个可爱的软软人小声地对我说："毕夫喜欢猕猴桃，因为他觉得这种水果能让他保持绿色。他很想长成电影里绿色火星人的样子……不过他生来就是白色的，他为此很困扰。对了，你要记住，跟他在一起的幽灵党都是像他一样邪恶的火星人。幽灵党人多势众，据说还计划侵略地球呢！"

"什么？"

"这很容易理解。因为只有地球才有猕猴桃，他觉得这是让他保持绿皮肤的唯一办法！"

"看来我得从这个疯子手中拯救地球了！"我对软软人和皮特什说。不过皮特什却十分不解地看着我："怎么又是我们？每次有人要破坏地球，你就觉得自己是天选之人。"

"可我的确是啊！"我坚定地说，"我具备天选之人的一切条件。"就在这时，软软人突然看着我大叫起来："哇！"

天选之人
马丁

我是天选之人，我会从毕夫的手中拯救地球。这就是我来到这里的原因。

提醒你一下，我们之所以会在这儿，都是因为你惹恼了保姆。

突如其来的叫喊把我吓得一屁股坐到了地上。软软人和他的同伴见状全都哈哈大笑起来。我看着这些淘气的小家伙，心里并不生气。而且我清楚地知道，他们需要我的帮助。

所以我对他们说："我会拯救地球的，当然也会拯救你们这些调皮的小东西。可是，如果毕夫有成百上千的爪牙，我们要如何跟他开战呢？""你可以去天狼星。那里有四个生物组成的星系反抗组织。他们都是恐龙，而且还发现了时空门。名字叫什么来着？对了，是沃尔多、瑞普特、劳埃德和特丽莎！"等等！他们说的不正是侏罗纪世界的朋友们吗？这真是太酷了！好的，这就是我和皮特什乘坐火箭去天狼星的缘由了！

这次马丁还能跟朋友们再次拯救地球吗？

狝猴桃战争

故事到这里就暂时告一段落了⋯⋯
但是马丁的奇妙旅程怎么会就此结束呢?

菲利普·奥斯本 (Philip Osbourne) 著

菲利普·奥斯本是一位全球畅销书作家。他的作品大多围绕"科幻、冒险、友情"展开，通过精彩的故事和幽默的文笔配合妙趣的插画，传递着"乐观、勇气、爱"，深受世界各国小读者的喜爱。

奥斯本的书已在美国、法国、意大利、德国、希腊、俄罗斯、罗马尼亚、巴西、中国、阿尔巴尼亚等四十多个国家出版，多部作品被动漫、影视化，比如《哈里和邦尼》(Harry & Bunnie)和《ABC怪兽》(ABC Monster)由艾尼曼莎（Animasia）公司改编成动画片；畅销书《书呆子日记》(Diary of a Nerd)将由彩虹（Rainbow）公司制作成电视剧。

《侏罗纪日记》也将被拍成动画片，值得期待哦！

罗伯塔·普罗卡奇 （Roberta Procacci） 绘

罗伯塔·普罗卡奇是一名儿童图书插画家，因为畅销书《书呆子日记》画插画而被大众熟知。

她与菲利普·奥斯本合作的还有《幽灵与布利》（*Ghosts & Bulli*）和《夜魔与恶霸》（*The Lord of the Night and the Bullies*），后者是一部根据真实事件创作的插图小说，得到了业内人士的高度评价。

多年来，她一直致力于童书的插画创作，还为很多有趣的科学书籍绘制插图，可以说是一名高产的插画家。

JURASSIC DIARIES Volume 3
Copyright © 2020 Philip Osbourne (Author) and Roberta Procacci (Illustrator)
This agreement was arranged by FIND OUT Team di Cinzia Seccamani,
Novara, Italy

版权合同登记号：图字：30-2022-016 号

图书在版编目（CIP）数据

马丁历险记之侏罗纪日记 . 3, 逍遥法外 / (意) 菲
利普·奥斯本 (Philip Osbourne) 著；(意) 罗伯塔·
普罗卡奇 (Roberta Procacci) 绘；马天娇译 . –– 海口 ：
海南出版社, 2023.1
书名原文：JURASSIC DIARIES Volume 3
ISBN 978-7-5730-0808-4

Ⅰ.①马… Ⅱ.①菲…②罗…③马… Ⅲ.①儿童故
事–图画故事–意大利–现代 Ⅳ.① I546.85

中国版本图书馆 CIP 数据核字 (2022) 第 195449 号

马丁历险记之侏罗纪日记 3. 逍遥法外
MADING LIXIANJI ZHI ZHULUOJI RIJI 3. XIAOYAOFAWAI

作　　者：	[意] 菲利普·奥斯本	
绘　　者：	[意] 罗伯塔·普罗卡奇	
译　　者：	马天娇	
出 品 人：	王景霞	
责任编辑：	张　雪	
策划编辑：	宣佳丽　高婷婷	
责任印制：	杨　程	
印刷装订：	北京汇瑞嘉合文化发展有限公司	
读者服务：	唐雪飞	
出版发行：	海南出版社	
总社地址：	海口市金盘开发区建设三横路 2 号　　邮编：570216	
北京地址：	北京市朝阳区黄厂路 3 号院 7 号楼 101 室	
电　　话：	0898-66812392　010-87336670	
电子邮箱：	hnbook@263.net	
经　　销：	全国新华书店经销	
版　　次：	2023 年 1 月第 1 版	
印　　次：	2023 年 1 月第 1 次印刷	
开　　本：	880 mm×1 230 mm　　1/32	
印　　张：	14	
字　　数：	174 千字	
书　　号：	ISBN 978-7-5730-0808-4	
定　　价：	108.00 元（全三册）